晩学のすすめ

学問と向き合った元自衛官の人生

佐藤守男

芙蓉書房出版

はじめに

函館本線は港町・小樽を経由して、左手に日本海を望みながら、さらに北へ走る。終着駅・札幌に近づくと、鉄路は高架に移る。徐行する列車の窓から北海道大学の広大なキャンパスが四季とりどりに姿をかえて目に飛び込んでくる。その美しい自然の光景を車窓から眺める度ごとに「このような環境で学ぶことができたら」という、途方もない願いが六〇歳定年を間近に控えて胸の中に大きく膨らんでいった。それは、まさに夢みるような話であった。

＊　＊　＊

今から七〇年近く前、一九五〇（昭和二五）年六月二五日払暁、わが国の対岸・朝鮮半島において火の手があがった。いわゆる朝鮮戦争（一九五三年七月休戦）の勃発であった。その硝煙の中から警察予備隊（現在の自衛隊の前身）という武装組織が誕生した。

私は同年三月、地元・三重の県立高校を卒業後、三菱重工業株式会社名古屋機器製作所に入社することができた。当時はまだ終戦後の混乱期、最難関の就職試験を突破して入社した一流企業から、新設の警察予備隊に何のためらいもなく応募に踏み切って採用された。一八歳の時であった。その転職理由は深刻な健康上のほかに、家庭の経済的な理由が一番大きかった。そして、私は一九九一（平成三）年三月、人生節目の定年退職を目前にして、退職後の進路について色々と思いあぐねていた。

そのような時、北海道大学法学部の大学院修士課程に翌年四月から社会人に門戸を開くという紙上の記事が目に飛び込んできた。その創設目的は、従来の「研究者養成型」と異なる「実践型教育」を実施し、地方の行政官やジャーナリスト、法務のエキスパート、企業の実務家などとして活躍できるよう、高度な専門教育をおこなうというものであった。国立大学では、東京大学法学部に続く二番目の画期的なリカレント（再教育、recurrent）構想であった。

私の場合、六〇歳という年齢、まして自衛官定年退職という異質な経歴から見て、応募資格に該当するとはとても思えなかった。普通、学究にふさわしい対象ではあり得なかった。冒頭において述べたように、それは正直、夢みるような、はかない幻想に近かった。

しかし、その夢が、その幻想が実現したのである。北海道大学は、北の大地のような包容力で、この私を迎え入れ、「学問の場」、「晩学の道」を与えてくれたのである。それから四半世紀が、これも又、夢のように流れ去った。

団塊の世代（戦後ベビーブーム時に生まれた年代）が全員七五歳以上になる二〇二五年がそこに見える。長寿高齢化社会が間違いなくやってくる。男女を問わず、「定年後をいかに生き抜くか」――六〇歳、六五歳、七〇歳からの人生に、どのように向き合うかという、人生の最終章に対する重い課題に誰もが、いやおうなしに直面することになる。それは人生、第二の勝負・挑戦の時でもある。

人それぞれがもつ趣味・趣向は千差万別、多種多様である。そのいずれかに道を求めて、人生の歩みを続けなければ、定年後の生きる道標を見失ってしまう。自ら求めて、行く道の先には又、新しい上り坂、坂道が幾重にも分かれる。その道を命ある限り、歩みをとめるわけにはいかないと思う。

我武者羅に、懸命に働き続けた青・壮年期から定年後の初老期を迎えると、ぽっかりと大きな穴の開いたような、一種むなしい寂寥感におそわれる。そこで乾坤一擲、鉢巻を絞め直して前に進まなければならない。定年後の生き様が、その人の人生を決めると言っても過言ではないからである。「終わり良ければ総て良し」という格言がある。十分な満足が得られなくとも、各人が、人生のそれなりの「締めくくり」をしっかりと結びたいものである。その結び方の一つとして、「定年後の晩学」を勧めたい。私の体験からである。悠々自適の晴耕雨読もまた良しである。しかし、人は、どうしても怠惰に陥りやすい。私の場合がまさにその好例である。とくに晩学には、ある目的のための強制、「学びの場」が必要であるように思う。

私は六〇歳定年後、大学院に「学びの場」を求めた。幸いにも、自転車で通学できる環境・距離に、その場所があった。そこには、四〇年余りの「働きの場」とは全く異次元の夢の空間が存在していた。四季折々、見事に姿をかえる大学キャンパスの佇まいは、悔いばかりの多く残る六〇年間の過去をも包み込んでくれるようであった。定年退職の翌日からほとんど毎日、約四キロの道を雨の日も、吹雪の朝も、中古自転車のペダルを踏んだ。弟たちの高校への長距離自転車通学を思えば、比較にならないほどの軽易な作業であった。大学のキャンパスに一歩、足を踏み入れると、「今日もまた一日」という勇気と闘志が腹の底から湧いてくるようであった。

＊　＊　＊

定年後の比較的自由になる余裕の時間を、何かを学ぶために振り向けることは、確かな生き甲斐に通じる道である。私の定年後の二五年間に、そのことを強く感じる。自らが歩み続けた、ありのままの、「定年後の晩学の道」を、以下に再現して紹介したい。自慢話を書き綴る意図など、毛頭微塵もない。誰しもが迎える人生の節目、定年後の歩みの参考の一助にいささかでもなれば、それ以上の喜びはない。

晩学のすすめ―学問と向き合った元自衛官の人生❖目次

第1章

晩学への夢

私は一九三八（昭和一三）年三月、当時、京都市中京区猪熊錦の専徳寺（一九六三年、寺基移転）内にあった「昭和童園」（一九三一年開園、一年保育）を修了した。八〇年前のことである。自宅から同園に二〇分くらいの道すがら、よく近隣の腕白小僧にいじめられ、家に逃げ帰ったことを憶えている。小学校に入って、同じクラスになった時、彼らを激しく痛めつけたことを今になって悔いている。母が毎日、温かいお弁当を保育園に届けてくれたことが思い出される。眼鏡をかけた園長先生の笑顔も、しっかりと憶えているから不思議である。余裕があったとは思えない家計の中から、保育園に通わせた母の心意気が胸によみがえる。

私は同年四月はじめ、着物姿の母（三二歳）の手にひかれて、京都市朱雀第一小学校（中京区壬生朱雀町）へ入学した。中京区には朱雀第一～朱雀第八（朱雀第五のみ欠）の名称をもつ七つの小学校があり、朱雀第一小学校が群を抜いて有名であった（一九四一年、国民学校に改称）。

四条大宮と千本三条の間を走る後院通に面し、国宝・二条城に程近い場所に所在した。それから六〇年後、同志社大学において開催された一九九八年度日本政治学会総会に出席した際に訪ねた小学校の様子はすっかり、その姿を変えていた。

自宅（借家）は二階建て四軒長屋の一つで、古典芸能（狂言）および新選組で有名な壬生寺の北門近くにあった。寺の境内は恰好の遊び場で、蜻蛉つり（約三〇㎝の天狗素の両端に、小さな散弾を原紙で包み込んだ道具を、上空に飛ぶ蜻蛉めがけて放り投げる）や凧揚げ、野球（三角ベース）などに興じたものである。友達はすべて上級生であった。

小学校までは子供の足で一五分ほどの距離にあり、二学年下の妹の手を引き元祇園梛神社の前を通り、深々と礼拝をして毎日登校した（六年間の病欠一一日、忌引一日）。一見、平穏そうに見えた小学校六年間に思えたが、実はそうではなかったのである。母が残してくれた一枚の賞状（京都市教育局、大禮記念京都美術館、昭和一八年八月二五日付）が手許にある。それは「戦フ学童ノ作品展覧会」における表彰であった。「戦フ学童」にあるように、いつの間にか「軍国少年」の一員として、「鬼畜米英」、「滅私奉公」、「欲しがりません勝つまでは」などの調子のいいスローガンに、小学生までもが真剣に踊らされていた。

私は一九四四（昭和一九）年三月、六年前にくぐった同じ校門から新たな一歩を踏み出した。卒業式には入学式と同様に母が出席してくれた。六年生のクラスは確か、「いろはにほ」の五組（一組約五〇名）編成であったように思う。式次第の最後に「優等生」の紹介があり、各クラス一名ずつの名前が読み上げられた。六年い組は私であった。私よりも母の方が嬉しそうであったように記憶する。卒業式の帰り道、「何か記念に買ってあげる」と母は言ったように思うが、買って貰った覚えがない。

何も知らないうちに、知らされないままに、「皇国日本」は危うい歴史の荒波の中を漂流していたことになる。生まれてからの約一〇年間を、改めて歴史に重ねてみると、下表のとおりである。

そして、わが国は国民学校卒業の翌年に悲劇的な敗戦を迎えた。終戦後の社会の荒廃と混乱、まともな授業などもなく、荒れすさんだ学園、学校側も生徒側も暗中模索の有様であった。ほとんど一夜にして「軍国日本」から「平和国家」に変貌した社会構造の中で、すべての日本国民がもがき苦しんでいた。

そのような生活環境において唯一、「学ぶこと」の大切さをひしひしと痛感した。静かな落ち着いた雰囲気の中で机に向かいたいという、心からの願いがふつふつとわいた。後述するが、それが、私の「晩学の道」へ繋がっていったことだけは確かである。

1932（昭和 7）年	満州国誕生	（0歳）
1933（昭和 8）年	国際連盟脱退	（1歳）
1937（昭和12）年	日中戦争勃発	（5歳）
1940（昭和15）年	日独伊三国同盟締結	（8歳）
1941（昭和16）年	第二次世界大戦勃発	（9歳）
1944（昭和19）年	広島長崎に原爆投下	（13歳）

1　終戦前後の生活

あらゆる戦争において交戦国の一方の首都が壊滅的に破壊された瞬間、その戦いは完全な敗北を意味する。前大戦における我が国の完敗を決定づけたのは、一九四五（昭和二〇）年三月一〇日（土）の東京大空襲であった。

その日サイパン、テニアン、グアム三島の米空軍戦略爆撃機基地を飛び立った重爆「B－29」三〇〇機以上が首都東京に襲いかかった。それは、空からガソリン（焼夷弾）の雨を降らすという非人道きわまりない無差別爆撃であった。一夜にして、わが非戦闘員一〇万人以上を焼き殺したのである。夜空を焦がし、火の海と化した東京を目のあたりにして、日本政府の要路高官および参謀肩章をひけらかした参謀本部の高級将校たちは、何を思い、何を考えていたのだろうか。この時点で白旗（降伏）を高く揚げるべきであった。

そして、遂に同年八月、人類史上最悪の兵器「原爆」が広島、長崎に投下された。一瞬にして、非戦闘員二〇万人以上が無残にも虐殺された。アメリカが戦争継続期間の短縮と戦闘員の人命損失の防止を理由に、いかに正当化を試みようとも、未来永久に弾劾され続けなければならない非人道的戦闘行為である。

わが国の無条件降伏後、十字軍気取りのアメリカが占領軍として、完膚なきまでに破壊しつくされた日本本土に進駐し、日本の国家構造を根底から引き裂き、政治・経済・社会・宗教などの機構を再組織した。日本民族は、これらの改革およびその結果から生じた様々な影響下にただ地に平伏するばかりであった。そこには日本民族の奥床しい道徳も、きめ細かい文化も、誇り高い伝統も影をひそめた。

近代日本に史上未曾有の大改革を断行したのは、征服者の頂点に立つ連合軍最高司令官マッカーサー元帥とその一派「ＧＨＱ」（連合軍総司令部、General Headquarters of Allied Forces）であった。マッカーサーは日本を完全に武装解除し、政財界、実業界の一新を図った。そして、彼等は、軍隊および戦力保持を永久に禁ずる超民主的な憲法を、敗戦国日本に無理やり制定発足させた。

勝者アメリカがすべて「正」、敗者日本はすべて「邪」――この傲慢と偏見の論理によるマッカーサーの占領行政が断行され、日本国民は荒れ狂う波間に漂う木の葉のように、戦後の混乱期の中をただ、さまよい続ける有様であった。

戦火をのがれて三重に疎開

京都が広島、長崎とともに、原爆投下の最有力目標であったことなど露知らず、一家は終戦の直前、京都から両親の郷里・三重の北部（母の実家あと）へ移り住んだ。いわゆる「疎開」したのである。当時、「学童疎開」という政府主導の愚策が推進され、一九四四（昭和一九）年九月現在、疎開学童総数は、全国各地で四〇万人を超え、飢えと寒さに震えていた。

都市部から郡部への避難行為―それが「疎開」であった。当時、郡部の生活も貧困をきわめていた。大半の小作農家は地主への年貢取立てに加え、軍当局からの厳しい食糧の供出要求に呻吟し、苦しい生活を強いられていた。従って、ほとんどの「疎開家族」は、貧しさに輪をかけたような農村地方において快く受け入れられる訳がなかった。

親戚・縁者をたよった「疎開家族」は「よそ者」であり、邪魔者として貧困の鬱積が彼らに注がれたのは当然の成り行きであった。農村地帯における永住者が他者（疎開者）に手を差し伸べる経済的な余裕も思いやりもあろうはずはなかった。他者（疎開者）の困窮に対する永住者のささやかな優越が何よりの慰めであったようである。「貧すれば鈍する」—そのような世相であった。すべての日本国民が負け戦に苦しみ喘いでいたのである。都市部から農村地方への「疎開」は概ね、このような劣悪状況におかれていたものと思われる。

疎開先の三重県北部
遠くに鈴鹿山脈を望む

母の実家は、比較的裕福な自作農であったらしい。祖父の名前を冠した田んぼが周辺に今も点在している。一〇〇坪余りの屋敷にそれなりの家屋が建っていたらしく井戸など、わずかな痕跡が見られる。それらの屋敷・田畑すべてが祖父（母方）の放蕩から人手（隣接の大地主）にわたり、没落したようである。

その屋敷の片隅に納屋風の小屋が住居として建てられ、部落の会所として管理されていた。

どのような経緯（話し合い）で、その小屋の使用が認められたのか、知る由もない。建付けがきわめて悪く、隙間風が容赦なく入り込み、トイレも風呂もない廃屋のような藁ぶき小屋に、一家一〇人（両親、弟妹五人、戦死した伯父の遺児二人、私）が京都から転がり込んだのである。「死ぬときは、みんな一緒」— 母がよく口にしていた、その言葉を憶えている。絶対に歓迎される訳のない、郷里への「疎開」に母は強く反対していた。しかし、何事にも楽観的で無責任、人を疑うことを全く知らない「お人よし」の父は当時、自らの徴用先（愛知県半田市）に近いことを理由に「疎開」に踏み切ったようである。

生活用水（炊事、洗面、洗濯）は唯一、近くを流れる小川であった。尾籠《びろう》な話ではあるが、トイレは廃材と藁で囲った急ごしらえの粗末なものであった。風呂は好意ある近所の「貰い湯」であった。幸い電気だけは通っており、燃料は落ち葉や枯草を拾い集めて利用した。主要燃料は、自宅から数キロ離れた国有林の間伐材であった。早朝からの重労働であったが、徐々に蓄積されていく庭先の柴や雑木にわずかな安らぎを覚えた。

大所帯の食糧確保が最大の難事であった。農作物（米麦、野菜など）を栽培するにも、一坪の田畑もなく、途方に暮れる毎日であった。農婦と化した母は只管、農家の手伝い（田植え、田の草取り、収穫作業など）に出かけ、労賃代わりに僅かな食料を手に入れ、一家の飢えを凌ぐ有様であった。頭痛持ちの母はよく、こめかみに「梅干し」を張り付けて頑張りを続けた。私の、母への恩返しの原点は、この一点にあった。

蛋白源の補給には専ら小川や池の小魚、特に小川を遡上する鰻を捕獲してあてた。「流し針」と言って夕方、五〇センチほどの竹に釣り糸を巻き付けた先の針に「泥鰌《どじょう》」をつけ、あちこちの小川のくぼみに差し込み翌朝早く、回収するという漁法を用いた。

まさに、極貧の生活環境の中で、一家一〇人が病気や伝染病に罹ることもなく、よくも耐えられたものである。母の労苦がしみじみと偲ばれる。

なお後年、兄弟・従弟八人の協力で、その屋敷（母の元実家）を地主から買い戻し、母のために小さな家を建て、最新の電化製品をそろえてやることができた。母へのささやかな、八人の贈り物であった。

相前後するが、私の亡父は長らく、京都において京友禅の図案師をなりわいとしていた。しかし、前大戦末期、平和産業は軍部によって次第に圧迫を受けて廃業に押しやられた。その影響を受け、亡父も軍需工場（中島飛行機製作所、愛知県半田市）に製図工として徴用された。先に述べた父の徴用先である。

戦後の混乱期、一家一〇人の廃屋生活については、すでに述べたとおりである。亡き母のたった一人の兄、私の伯父は三菱石油の社員であった。貧しい実家の両親（私の母方の祖父母）に仕送りを続けながら、法政大学の夜間部に学んでいたと聞く。

伯父は一九四四（昭和一九）年夏、三菱石油の派遣社員（軍属）としてボルネオ・バリックパパンの油田開発に向かう途上、東シナ海において戦死した。母は京都駅を通過する伯父のために「きび団子」を作り、二人の従弟の手を引いて見送りにいったことを、よく憶えている。その一週間後、伯父は南の海で帰らぬ人になってしまった。

一昨年、鹿児島県南九州市に「知覧特攻記念館」を訪ねた際、九州南方の海原に散った、伯父の英霊に両手を合わせた。

母は、敬愛するただ一人の兄の姿を二人の遺児に重ねあわせていたに違いない。母は自分の子供六人と伯父の遺児二人を育てあげた。京都時代から母が大切にしていた着物のすべてが食料の代償になり、母の箪笥の中には、ただ埃《ほこり》だけが舞っていた。当時の母の労苦を偲ぶとき、今もなお、涙を禁じえない。

国民学校から中等学校への強制受験

第二次大戦末期から終戦、そして、次項において述べる学制改革へ続く激動の中に翻弄された年代層に私も含まれていた。まず、国民学校（六年制）から中等学校（四年制）への進学当時（一九四四《昭和一九》年四月）、本人の希望や個性（文系、理系）などを一切、無視した「強制受験」が実施された。つまり、国民学校卒業時の成績順に「公立工業」、「公立商業」、「公立中学」の三つの進学コースが示され、担任教諭からの有無を言わせぬ強制的受験であった。時は、まさに敗色濃い戦時である。軍当局の強い要請による施策の一つであったものと思われる。

陸海軍中枢部は当時、国民学校の成績上位者をかき集めて、いずれ特別秘密部隊の「少年兵」として利用することを、おそらく画策していたに違いない。特に、航空・化学部隊などの勤務はその性格上、きわめて複雑・緻密な資質と強健な体力が求められる。従って、初等学校教育の基本方針が少年適性者の早期選別と修練におかれていたことは十分にうなずけるところである。

日本陸軍の少年飛行兵、海軍の飛行予科練習生の多くが大戦末期、特別攻撃（特攻）の隊員として大空に散っていった。他方、第二次大戦中、旧満州（中国東北部）において密かに細菌兵器の開発をおこなった日本軍の秘密部隊・関東軍防疫給水部、通称「731部隊」は、国民学校の成績上位者を「少年兵」としてかき集めていた。それらの少年たちは主として、「人体実験」犠牲者の処理（焼却）に従事させられた（NHK「BS1スペシャル・731部隊」、二〇一八年一月二一日放映）。

私は一九四四年初頭、担任教諭から指示されるまま、「公立工業」コースを、当時の京都市立第一工業学校において受験させられた。一般的な中等学校（現在の普通科）への進学を、ぼんやりと希望しながら、担任教諭への抵抗など許される状況になかった。

「公立工業」コースに合格後、同年四月当然、入学試験を受けた京都市立第一工業学校（現在の京都工学院高等学校）へ通学できるものと思っていたが、いざ蓋を開けてみると「京都府立向陽工業学校」（乙訓郡向日町）という新設校への入学が指示された。この学校は終戦の翌年、廃止された、記録にも残っていない幻のような学校であった。

同校は、「機械科」のみの、名ばかりの工業学校であった。講堂はおろか、体育館も図書室もなく、田んぼの中に粗末な教室棟と石ころだらけの乾いた校庭（グランド）が広がっていたように記憶する。来る日もくる日も、配属将校（陸軍中尉）による軍事教練（軍隊式体操、礼式、徒歩教練）が未整備の校庭において実施され、球技などの体育は一切、おこなわれることはなかった。

二つのクラス（約三〇名）は「小隊名」（第一小隊、第二小隊）で呼称されていたように思う。翌年四月、一年生が入学してきたが、われわれ二年生に対する「敬礼」が義務づけられ、欠礼した場合、その場での「びんた」を強制させられた。まさに、「少年兵養成学校」であった。

春秋の農繁期には連日、出征兵士の農家に対する援農に駆り出された。この学校には軍事教練と農作業以外に思い出がない。教室における落ち着いた授業を受けた記憶がほとんど欠けている。学校関係者は当時、何を考えていたのだろうか。

この幻の学校に集められた小学生たちは、各国民学校の成績上位者ばかりで、友人たちは、すべて秀才に思えた。親友の一人は、京都市朱雀第三国民学校の卒業生総代で数学がずば抜けていた。終戦と共に閉校された「京都府立向陽工業学校」の生徒たちは一体、どこへ転校していったのか、知る由もない。七〇年余りも前の話である。

私は終戦後、一家の三重県への「疎開」にやや遅れて一九四五年秋、現在の三重県立四日市工業高等学校へ転校した。同校の機械科に欠員がなく、新設の金属工業科（のちに廃止）に回された。これが後年、私の人生を大きく左右することになる。

同校は、四日市市の郊外（日永追分）の第二海軍燃料廠工員寄宿舎あとに仮の校舎を構えていた。転校前の学校にも遠く及ばず、今では想像もつかない荒れ果てた施設であった。教室は、蚤がとぶ破れ畳の暗い部屋に細長い木机が雑然と並べられていた。崩れかけた壁に形ばかりの小さな黒板がぶら下がっていた。そのような廃屋に近い校舎へ約二時間もかけて、それも「疎開家族」の苦しい家計の中からよくも通学できたものである。クラスの中には、暇つぶしに学校に来ているような、いつの時代でもそうであるような「悪ガキ」グループがいて、ここでも本来の勉強とは程遠い学習環境であった。

アメリカに押しつけられた学制改革の中で

今年は、明治の先人たちが千辛万苦の試練を乗り越えて築き上げた近代日本の旅立ちから一五〇年を数える。一九四五（昭和二〇）年九月二日、わが国は無条件降伏文書に調印し、第二次大戦においてアメリカに屈服した。それは、アジアで唯一、欧米列強に対し、敢然として立ちあがった、近代日本七七年のはかない終焉であった。

本節の冒頭において述べたとおり、アメリカは、日本本土をあまねく焼き尽くしたのちに進駐し、さらに日本の国家構造をも根こそぎ破壊した。つまり、征服者・アメリアのいう「正義」が有無を言わさず、敗北者・日本に押し付けられたのである。連合軍総司令官・マッカーサー元帥は、麾下の幕僚機関「ＧＨＱ」（連合軍総司令部）を駆使して、「皇国（軍国）日本」の解体作業を強引に進めた。それは、史上類をみない占領行政であったし、それを、あくまでも従順に受け入れた民族も史上例をみない。概ね、次のとおりである。

・陸海軍の武装解除
・思想、信仰、集会および言論の自由を制限していた全法令の廃止
・特別高等警察の廃止

・政治犯の即時釈放
・大日本帝国憲法の改正
・財閥解体
・農地解放

日本の教育機構も勿論、その例外ではなかった。明治新政府は維新後、全国にまたがる「寺小屋」（江戸時代の初等教育施設、国内に約一万七〇〇〇箇所）に初等学制の基盤をおき一方、「藩校」（諸藩における藩士子弟の教育施設）に中等・高等教育の母体を求めた。それは、近代日本の伝統に基づく教育機構の嚆矢《こうし》であった。当時（一八五〇年代）、わが国の就学率は九〇％に近く、日本国民の識字率は世界の最高水準にあった。ヨーロッパ先進諸国の追随を許さぬ近代日本の、すぐれた教育機構であった。

明治新政府は一八八六（明治一九）年、中学校令を公布し、全国に文部大臣管轄の七校の高等中学校（のちの旧制高等学校）および尋常中学校（のちの旧制中等学校）を開設した。これらの学校はその後、改組、廃止および再編などを経て、わが国における戦前の学制の中核的基盤を担った。それ以来、半世紀にわたり、営々として築き上げられた、わが国教育史の伝統も、昭和に入り、軍部による歪められた「皇国史観」によって、本来の姿を変えたことは論をまたないところであろう。

アメリカは進駐後、いち早く「軍国主義思想」の醸成母体であった、わが国の教育機構の取りつぶしに着手した。日本本来の奥ゆかしい道徳観が完全に否定され、アメリカ流の薄っぺらな民主主義教育が濁流のように敗戦国・日本の教育社会を席捲した。それは一夜にして、「いろは」が「ＡＢＣ」に取って代わったような激震であった。

アメリカはマッカーサーの要請を受けて終戦の翌年三月、第一次教育調査団を、さらに一九五〇（昭和二五）年八月、第二次調査団を日本へ派遣した。そして、それら使節団の報告書（改革提言）が戦後、わが国の教育機構を根本から覆す、いわゆる学制改革が断行されるに至ったのである。同調査団の学制改革に関する提言（勧告）は、次のようなものであった。

・アメリカ流の民主制教育の導入
・教育委員会（都道府県、市町村）の設置
・「ＰＴＡ」（父兄・教師会、Parent-Teacher Association）の設置
・国定教科書の廃止
・六三三制（義務教育九年、高校三年）の導入
・男女共学

戦後の混乱期、わが国の社会情勢は極端な食糧難と相俟って、現在の世相からはとても想像もできない劣悪な環境にあった。そのような荒れすさんだ国内の状況下での学制改革は、教育現場に大きな戸惑いと不安を招き、明日の見えない混乱が渦巻いていたのは確かであった。

一九四七（昭和二二）年度から一九四九（昭和二四）年度にかけて実施された、朝令暮改のような諸学校の再改編、あるいは新設は想像を絶するものがあった。新制小・中学校（一九四七年度）の設置、旧制中等学校の四年制からの一年延長（一九四七年度）、新制高等学校の発足（一

九四八年度)、そして旧制高等学校の廃止と新制大学の設立など、それに伴う卒業・入学、まさに新旧入り乱れて、朝夕のラッシュアワーを思わせる混乱ぶりであった。

例えば、一九四六年三月までに国民学校初等科を卒業する者は旧制で進学し、翌年三月以降に卒業した者からは全員、新制中学校へ入学した。一九四七年四月、旧制中等学校に新制中学校が併設され、同年度に二、三年生となる者は併設中学校の生徒になった。また、一九四七年度の五年生は、旧制中等学校の卒業と、新制高等学校への進級とを選択することができた。一九四七年度の旧制中等学校の卒業生、四年修了者の大学への進学コースは、旧制高等学校と新制高等学校経由の二つが存在した。

このように、新中等教育制度への移行は、教育現場において大混乱をきたし、施設および教材（教科書）の整備が追い付かず後手、後手に回った。敗戦後の社会情勢の中で、すべてがまさに手探り状態の学制改革であった。

とにもかくにも、中等教育（四年制）を修了することが、次の段階へ進む最低限の必要条件であることを無意識に自覚していたからこそできた通学であった。従って、転校した学校に対する愛校心な

1948(昭和23)年5月：四日市商業高等学校と四日市商工学校の両校を併合して四日市実業高等学校となる。
1949(昭和24)年4月：四日市実業高等学校、四日市高等学校、河原田高等学校の三校を統合して四日市高等学校となる。
1950(昭和25)年4月：四日市高等学校は四日市工業高等学校、四日市商業高等学校、河原田高等学校に分立する。

ど爪の垢ほどもない。最終学年の四年生になるや否や、中等教育が一年延長され、旧来の五年制になり、先に述べた学制改革の嵐が吹き荒れはじめたのである。

アメリカによる占領政策の大きな一つ、学制改革の荒波（「高校三原則」：小学区制・総合制・男女共学）を真正面からかぶったのが中等教育であった。一年ごとに変貌した当時の実情を簡潔に記しておく（前頁表）。

私は一九四八年二月、四年修了見込みで、仲間と一緒に旧制高等学校（第八高等学校、名古屋市）を受験した。同級生はいうに及ばず、教師たちからも嘲笑されながら、旧制高校最後の受験機会に挑戦した。全員、枕を並べて討ち死したが、それでも工業課程からの進学意欲には今も悔いはない。この仲間の中から神戸外国語大学、名古屋工業大学、北海道大学大学院（著者）への進学者が出ている。教師は通常、生徒の無謀とも思える進学意欲であっても、背中を押して激励するものであろう。この学校の教師たちは励ましの言葉どころか、あざ笑いしか持ち合わせていなかったのである。

紆余曲折をたどりながらも、私は一九五〇（昭和二五）年四月、六年間の中等教育を修了し、三菱重工業株式会社名古屋機器製作所に就職した。戦後の混乱期、超一流企業への就職は容易ではなかったが幸運にも、就職試験を一発で突破することができた（学年でただ一人）。しかし、入社後の配属先は「第一鋳造部」という、酷熱の現場が待ち構えていた。これが、私のその後の生き方を決定づけたのである。

戦後、未だ日浅く、最悪の状況下、「ＧＨＱ」の強権力によって断行されたわが国の学制改革であったが、従順な日本人は、その激変を臨機応変に素直に受け入れた。それ以来七〇年余り、今ではアメリカ風の教育制度がすっかり定着した。その期間は、明治の学制確立から終戦後の学制改革までの年月にほぼ等しい。今日、わが国の学校制度に綻びと疲労が見られるのは、あながち、歴史のいたずらとして看過できないものがある。

深謀な思慮に欠けたアメリカ（「ＧＨＱ」）によって押し付けられた学制改革によって、わが国は現今、「高学歴低学力」社会に落ち込みかけている。その上、先進国宿命の少子高齢化の社会傾向は一段と加速している。国公立大学一七七校、私立大学六〇〇校（「文部科学統計要覧」平成29年版）などの高等教育機関の再編・統合は避けられない、差し迫った難題である。明治の学制確立（第一期）から戦後のアメリカの学制改革（第二期）を経て今後、七〇年の将来を見据えた第三期ともいうべき学制改革は、平成最後、最大の問題ではなかろうか。

２　警察予備隊に入る

一九五〇（昭和二五）年六月二五日払暁、北朝鮮軍が南進を開始、三八度線を突破して韓国に侵攻、武力攻撃を加えた。朝鮮戦争の勃発である。この戦争は単に南北朝鮮だけにとどまらず、日本の進路にも重大なかかわりをもつ国際紛争になった。

朝鮮戦争によって南北朝鮮の国民と国土にもたらされた未曾有の悲劇は、ソ連軍による北朝鮮占領に一つの大きな要因があった。北朝鮮は一九四五（昭和二〇）年八月、日本帝国主義の植民地支配から解放されたものの、直ちにソ連の軍政が敷かれた。ソ連は朝鮮民族に任せるのではなく金成柱《キム・ソンジュ》という子飼いのソ連軍大尉をハバロフスクから平壌につれてきて、「抗日の英雄、金日成《キム・イルソン》将軍」にすりかえて北の国民に押し付け、占領政策の手足として利用した。これが悲劇の始まりであった。その後の急速なソ連の衛星国化、南に先駆けて北朝鮮地域に単独政府をつくり、南北分断を先導したことに朝鮮戦争の萌芽が宿されていた。さらに加えて、国共内戦に勝利した中国共産党が、武力至上主義の立場から南朝鮮解放をあおったことも朝鮮戦争の重要な原因であった。

警察予備隊の創設

一九五〇（昭和二五）年七月八日、二週間ほど前に始まった朝鮮半島での戦争において北朝鮮軍に圧倒されていた米韓軍がやっと、反撃に転じようとしていた。しかし、戦局全般は北朝鮮軍側に有利に展開、三八度線の全戦線にわたって浸透、南下の勢いを見せ、さらに別働部隊が釜山《フサン》の北西でも活発な動きを見せていた。その日の朝、外務省木村連絡局長は、いつものように「ＧＨＱ」（連合軍総司令部）のある日比谷の第一生命ビルへ向かった。外務省連絡局長というのは当時、文字どおり日本政府と「ＧＨＱ」との連絡役である。占領下の日本では、すべてに「ＧＨＱ」の許可、承認が必要であり、日本政府は、「ＧＨＱ」の指令に絶対服従の状態にあった。

木村連絡局長は当日、「ＧＳ」次長室（民生局・Government Section）へ通され、次長の机上にある一通の書類に目を通すように促された。それは、マッカーサー連合軍総司令官から吉田茂首相に宛てた、次のような書簡であった。

「事情の許す限り、速やかに日本政府に自治の権限を返すという既定方針に従い、私は日本国内の安全と秩序を維持し、かつ不法入国と密輸入を阻止するため、日本沿岸を守るに適切な取締機関を徐々に拡張することを考えてきた。

私は一九四七年九月一六日付書簡で、日本の総警察力を一二万五〇〇〇名に増加し、うち三万名をもって国家地方警察を新設するという日本政府の勧告を承認した。私が当時、全幅の同意を与えた政府の見解は、将来の必要警察力を独断的に決めたものではなく、地方自治という憲法上の原則にのっとり、警察責任の効果的分散を主軸とする、近代的かつ民主的警察機構を確立する際に中心となりうる適切な警察力を備えることを目的とするものであった。

許可された警察力の募集、装備・訓練など、その後の措置はきわめて能率的に進められた。自治の責任は忠実に守られ、必要な調整も慎重に進められ、さらに警察と市民の関係もきわめて順調に進展した。日本国民は今日、その警察機関を当然、誇りとしてよい。

日本の警察力は、他の民主国家に比し、人口の割に低く、また戦後の全国的貧困と逆境は、無法状態を招きやすい性格のものであったにもかかわらず、日本がその近隣諸国にある暴力、混乱、無秩序とはまったくかけ離れて平穏であることは、組織された警察の能率と法を守る日本人の性格によるものである。

日本のみならず、いたるところで法の正当な手続きをくつがえし、平和と公共の福祉の破壊を狙う不法な少数分子が存在するが、彼等の脅威にさらされることなく、前述のような好ましい状態を安全に維持するためには、いまや警察制度は、その組織・訓練の面において相当能率的になっており、従って、民主社会の公共の福祉を守るに絶対必要であると、経験に基づいて判断された範囲まで警察力を増強すべき段階に達していると信ずる。

日本の各港および沿岸水域の安全に関する限り、海上保安庁は、現在まで非常に満足すべき成果をあげてきた。しかし、事態は変わりつつあり、不法な密航や密貿易を日本の長い沿岸線すべてにわたって防止するためには、法律で現在、定められている海上保安庁の定員よりさらに多くの人員が必要であることは明らかである。

従って、私は日本政府に対し、人員七万五〇〇〇名からなる警察予備隊（National Police Reserve『ＮＰＲ』）を創設し、現在の海上保安庁の定員をさらに八〇〇〇名増加するため、必要な措置を講ずる権限を与える。

これら増加人員に関する今年度分の経費は、さきに一般会計予算中、公債の償還に使用すべく計上した基金から流用することができる。これらの措置に関する技術的な面では、従来通り総司令部の各関係局が勧告と援助を与えるであろう」

（フランク・コワルスキー著、勝山金次郎訳『日本再軍備』サイマル出版会、一九八四年）

この修辞にこり、もって回った表現に満ちた書簡こそ「日本の再軍備」のきっかけとなった、まさに歴史的文書である。

日本軍を完全に武装解除し、日本の軍国主義を一掃し、日本が再び軍事力を持つことを永久に禁止する理想憲法を制定した張本人のマッカーサーが朝鮮戦争を奇貨として、日本の再軍備を命令したことは、誠に歴史の皮肉としか言いようがない。

仮に朝鮮戦争が勃発していなくとも早晩、日本の再軍備は避けられなかったものと考えるのが妥当であろう。北東アジアにおけるソ連を筆頭に中国、北朝鮮の不穏な動向もさることながら、戦勝国アメリカにとって対日占領政策予算の膨張、それにもまして米軍の軍事プレゼンス（影響力）にとってかわる日本の人的資源（潜在的兵力）の活用が必然的に求められたからである。換言すれば、アメリカにとって日本防衛から自国兵力を削減し、その損耗をできる限り防ぐためであったし、極東における防共戦線に日本の再軍備は不可避な状況でもあった。

日本の再軍備はその平和憲法を改正することなく、憲法を真っ向から犯しておこなわれた。そのため、法的にも国民感情にも扱いにくい、根本的な多くの疑義を積み残した。そして、日本の再軍備は終戦から約五年、新憲法制定から僅か約四年後、まるで坂道を転がるかのように膨らみ続けるのである。

終戦後、わずかに五年、朝鮮戦争を奇貨として創設された警察予備隊はその後、保安隊と名称を変え、さらに現在の陸海空自衛隊に至っている。

三菱重工業を退職、警察予備隊一期生として入隊

その日も蝉時雨が喧しく、茹だるような炎暑であった。七〇年近くも前のことである。私は体調を崩して、三菱重工業株式会社名古屋機器製作所の職員寮の一室で静養をとっていた。その時、何気なく開いた新聞の記事（一九五〇年八月一〇日付）に目を釘付けにされた。それは、警察予備隊の隊員の「募集要項」であり、その後の私の人生に決定的な方向を与えるものであった。

日本政府は、警察予備隊創設の「ＧＨＱ」至上命令に基づき八月一〇日、「警察予備隊令」を公布した。この「ポツダム政令」公布前日の九日に、その「募集要項」を発表し、同月一三日から隊員の募集に踏み切ったのである。結局、警察予備隊の創設に必要な措置は、国会の審議を経ることなく「ポツダム政令」によって推進されることになった。この「ポツダム政令」というのは、一九四五（昭和二〇）年九月二〇日に定められたポツダム宣言の受諾に伴う緊急勅令に基づいて発せられた政令の総称である。占領軍の要求にかかわる事項に限定されたが、この政令は立法手続なしに法令の改廃、制定をなし得る、超法規的な性質のものとされた。言い換えれば、「マッカーサー命令」であった。この制度は講和条約発効後に廃止された。

その骨子は概ね、次のような内容であった。

勤務年限は二年間。給料は月額約五〇〇〇円（当時の東京都教諭約五〇〇〇円、警察官約四〇〇〇円）。退職手当は六万円。年齢は満二〇歳以上満三五歳までの男子。新制高校卒は満一八歳以上（ただし、親の同意書を必要とする）。

敗戦から五年、市井では未だ各地に闇市が散在し、就職状況も最悪で荒んだ空気が漂っていた。警察予備隊員の月給五〇〇〇円、退職金六万円は当時、大変な魅力であったことは間違いない。一九五〇（昭和二五）年当時の初任給をみると、警視庁巡査が三九〇〇円、国警巡査三七〇〇円、東京都小中学校教員は大卒で五七〇〇円、専門学校卒が五〇〇〇円であった。警察予備隊員の五〇〇〇円は衣食住付きであり、その退職金六万円も一年間は楽に生活できる金額であった。しかし、この待遇は「ＧＨＱ」の反対により結局、月給四五〇〇円で落着した。

私は地元の新制高校を卒業後、前節においても述べたとおり、三菱重工業株式会社名古屋機器製作所に入社することができた。戦後の厳しい就職難のさなか、一流企業への就職が叶ったのは、卒業学年中、私一人であり、羨望の的でもあった。三重県から新制高校卒で採用されたのは津工業高校出身のＭ君と二人であった。

会社のそばには職員寮と、少し離れた場所に工員寮があり、そのＭ君と職員寮では同室であった。そのほか職員寮では大学卒の幹部候補生数名と一緒であった。高卒者にはオリエンテーション（講習会、Orientation）など一切なく、入社と殆ど同時に「第一鋳造部」というディーゼルエンジンの本体を鋳物で製造する第一線現場へ配属された。現場ではディーゼルエンジンのほか、スクーターのシリンダーヘッドや小型の鋳物が作られていた。現場における溶解した金属の匂いと立ち上がる粉塵、想像を絶する蒸し暑さの中で連日、夜遅くまでの残業に耐え、真っ黒になりながらもよく働いた。そこでは、何かを考えることなど全く必要なく、現場組長の指示どおりに黒い汗を流すだけの場所であった。

超難関の就職試験を突破して入社した職場は、私が描いていた働き場所とはおよそほど遠いものであった。連日の残業と重労働から膀胱炎を患い、会社の診療所に通って、漸く血尿を止めることができた。職員寮の一室で、警察予備隊の「隊員募集要項」を目にしたのは、そんな時であった。「この道しかない」――何のためらいもなく、応募に踏み切った瞬間を今も鮮烈に記憶している。これが入隊動機の一つの理由である。

ここでやや相前後するが、入隊試験のことを書きとめておきたい。

一九五〇年八月一〇日付けの新聞紙上で警察予備隊員の募集を知った私は、慌てて家に帰り、警察官派出所を訪ねた。顔見知りの駐在巡査に前後の事情を詳しく説明し、警察予備隊の入隊試験に応募することを申し出た。そして、「会社側に知られたくないので高校卒業後の四か月間、就職することなく、家事手伝いをしていたことにしてほしい」と駐在巡査にお願いをした。同駐在巡査は、私の依頼を快く受け入れ、完全な身元調査を作成するから安心して受験するよう激励してくれた。

一九五〇（昭和二五）年八月一七日（木）、四日市市内の小学校における警察予備隊員採用試験（学科、身体検査、面接、指紋採取、写真撮影）に臨み、当日の夕刻に結果が発表された。一〇〇人余りの受験者の中で「即日合格」は、私を含めて二名だけであった。そのほか、「仮合格」として数人が選抜された。そして、同年九月二日（土）、大阪管区警察学校への出頭が私に通告された。

私は帰宅後、その足で「即日合格」を報告するために駐在巡査を訪ねてお礼を述べた。「即日合格」は身元調査が決定的な条件であった。母はとても不安げであったが、それでも喜んでくれた。大阪管区警察学校入隊までの約半月間、会社側には無言で通した。その時の気持は六八年後の今でも、決して忘れることができない。あと何日で、この職場とも決別できるかと指を折りながら、相変わらぬ重労働に取り組んでいた。職員寮で同室だったM君も、私に続いて警察予備隊を受験したが、身体検査で不合格になったことをあとで聞いた。その後、彼との音信が途絶えてしまった。息災でいてほしい。

九月二日（土）早朝、大阪管区警察学校へ入隊するため若干の着替えと洗面具を風呂敷に包み、三菱重工業株式会社名古屋機器製作所の職員寮を、あたかも強制収容所から脱出するかのような思いで、逃げるように後にした。入社以来わずか五か月、「第一鋳造部」において、よくも重労働に耐えることができたものである。会社側には退職願を提出することもなく、残りの有給休暇を申請しただけであった。休暇期限が過ぎれば当然、身分上の取り扱いは無断欠勤、職場放棄に相当することも承知の上であった。

私は九月二日（土）午前、大阪管区警察学校へ入隊のために出頭した。最初（八月二三日）の入隊に続く、この第三回目の入隊者は、全国六か所の各管区警察学校（札幌、仙台、東京、大阪、広島、福岡）へ合計七四二九名、大阪管区警察学校へはこの日、一一四五名が入隊した。入隊の受付は各県別になっており、受付が終わると先ず、その場で認識番号が付与された。西も東も分からない一八歳の少年にとって、その認識番号が何を意味するものなのか、ずっと後になって、その意味が分かった。それは戦場において戦死者を判別するためのものであった。木っ端微塵になっても認識番号プレートさえあれば、遺体の所属と人物を識別することができるという代物である。アメリカの兵士は全員、このプレートを首にぶら下げている。つまり、受付の最初からすべてが米軍（「ＧＨＱ」）のやり方で始まったという訳である。この瞬間から私は兵士（官給品、GI：Government Issue）になったのである。因みに、私の認識番号は「G063510」であった。

その後、出頭旅費の支払、被服（制服およびバンド、帽子、半長靴など）の支給がおこなわれた。そして、認識番号順に分隊（約一〇名）が編成され、それに基づいて小隊（三個分隊）、中隊（三個小隊）が仮に組織された。その日の夕食についてはは全く思い出せない。入隊初日が慌しく過ぎたことだけは記憶に残っている。

九月に入って間もなく、父が会社の労務部から呼び出しを受けた。父からの手紙で、そのことをあとで知った。それによれば、父が事情を説明したところ、会社側もうすうす、私が警察予備隊に採用されたことを承知していたらしい。会社は、私の退職を特例として事後承認するという寛大な処置をとってくれた。その上、社長餞別、特別退職手当および未払い給料分あわせて約二万円余の小切手を父に渡してくれたそうである。ちょうどその頃、母が疲労から倒れて自宅で静養中であった。母から後日、そのときのお金で病院にかかることができて、「天からの恵み」かと思ったという話を聞いた。私への会社側の暖かい配慮に対し、七〇年間の思いを込めて感謝を捧げたい。そして、お詫びがしたい。

さらに、後日談を書き添えておかなければならない。二〇〇八（平成二〇）年七月二四日夕刻、札幌北社会保険事務所から電話があり、「昭和二五年四月から九月までの五か月間、どこで勤務していたか」という照会をもらった。私が三菱重工業での就労について即答したところ、「消えた年金」であることが判明した。翌年六月、私の手元に「遅延特別加算金支払決定通知書」と「時効特別給付支払決定通知書」が届き、厚生年金約一三万円の追給をうけた。母が存命であれば、「そっくり送金してやったのに」― 心の中でそっと合掌した。一瞬であれ、会社のことを強制収容所のように思ったことを恥じ入るばかりである。

私は一九五〇（昭和二五）年九月四日、大阪管区警察学校から行先を全く告げられることもなく、特別専用列車に乗せられた。乗車場所についての記憶がない。出発地は、恐らく信太山の米軍キャンプではなかったかと思う。到着したのは岐阜県各務原の米軍キャンプ（第二五歩兵師団駐屯）であった。

美しい広大なキャンプの外れに、まるでアメリカの西部劇に出てくるような鉄道引込み線のターミナルがあった。そこに降り立ったとき、不安よりも先に興味津々たるものがあった。割り当てられた宿舎は、絨毯のように敷きつめられた芝生の中に整然として並んだ白い蒲鉾兵舎の一つであった。それは、朝鮮戦争の勃発に伴い朝鮮半島へ出動した在日米国陸軍第二五歩兵師団の居抜き宿舎であった。アメリカに来たような錯覚に襲われた。

宿舎に入ると、それぞれの足の長い二段ベッドの上に寝具類、作業服、飯盒、下着類、煙草、菓子袋などが並べられていた。未成年者の私には不必要な煙草を、先輩隊員に菓子袋と交換してもらった。室内の仕様がすべてアメリカ兵基準のため、背の低いわれわれ日本人には戸惑うことばかりであった。仕切りなしで、ずらりと並列したトイレには一番、戸惑った。シャワー室も、蛇口が高すぎた。宿舎内に食堂が併設されており、到着初日から飯盒による、温かい食事の給養が始まった。

私の所属は、岐阜仮第一大隊第二中隊であった。この時、大阪管区警察学校から岐阜キャンプへ移動したのは、三個大隊（約一〇〇〇名）程度だと思うが、正確な数字は記憶にない。隊員の出身こそ近畿圏の各県であったが、年齢構成は一八歳から三五歳までで、前職がまちまちの上、階級のない奇妙な部隊編成であった。年齢、職歴、旧軍歴などが考慮され、仮の分隊長、小隊長、中隊長が指名され、部隊の指揮権がそれらの人に任された。ここでは、一般隊員として徒歩教練、体育などの基本訓練の毎日であった。

私の警察予備隊員としての第一歩は、先述のように岐阜各務原の米軍キャンプから始まった。朝の点呼から消灯までの日課は、全てが初めての一八歳の体験であった。毎日の課業（訓練）は、米軍顧問団下士官の指揮監督下で開始された。その内容は徒歩教練、体育を中心に、近距離行軍がしばしばおこなわれた。この行軍は私にとっては散策に出かけるような気分であった。仮の中隊ごとに隊伍を組んで、キャンプ内はずれの丘陵地帯を時々、旧日本陸軍の軍歌などを声たからかに歌いながら、のんびりと歩き続けた。アメリカ兵に軍歌の意味など分かるはずがなく、きわめて痛快であった記憶が甦る。

体育は連日、ソフトボールが実施され、やや大きく感じた道具は米軍側から提供された。いくつかのチームに分かれて対抗試合が組まれるようになった。グランドは内野がよく整備され、外野一面に天然芝が短く、美しく刈り込まれていた。一塁側と三塁側に木製のスタンドがあり、選手以外はスタンドに腰掛けて声援を送った。野球は小学校三年生ころから年上の仲間に入れてもらって始めた好きで得意な球技であった。私は、あるチームのサード・四番打者として、他のチームの脅威の的となり、忽ち強打者として名を馳せることになる。そのお蔭で、力作業が免除されたり、食堂では炊事係から特別な差し入れを受けたりもした。高校卒業後五か月、初めて味わった開放感であったし、本当に久しぶりに青春を満喫した。

高校を終えてとび込んだ三菱重工業の粉塵と灼熱の現場に比べれば、ここでの毎日は、遊びの続きのような楽園に思えた。グランドの芝生に仰向けに寝転び、流れる白い雲を追いながら、「これでよかった」、「転職して命をつないだ」としみじみ思った。そして、そのことについて微塵も悔いはなかった。

毎日曜日の午後、ふとしたことから知り合った米軍の軍曹（黒人）から英会話を習う機会を持つようになった。米軍宿舎を訪ねる度に軍曹は、まるで肉親の弟にでも接するかのように私を心から歓迎してくれた。初めてのコーヒーに驚き、チョコレートや珍しいキャンディーに舌鼓を打った。同軍曹との交流は、私が善通寺へ移動してからも続き、大きな木箱にコーヒー、紅茶をはじめ各種のチョコレートやキャンディー類をしばしば送り届けてくれた。やがて、音沙汰が途切れた。おそらく、朝鮮半島に出動して戦場に散ったものと思われる。陸軍除隊後、医大へ進学して、ドクターになることを常々、口にしていた軍曹を思うとき、朝鮮戦争が自分自身にも身近なものであることを実感させられた。哀しく、胸の痛む思い出である。そして、瞬く間に岐阜での三か月が過ぎ去った。

岐阜キャンプの環境にもようやく慣れた頃、この年の一二月はじめに突然、行先不明の部隊移動が再び命じられた。もちろん、この突発的な部隊移動は「GHQ」の命令であり、隊員にも移動先を伏せた秘密計画であった。アメリカ側の秘密保全の徹底ぶりには驚かされた。先に述べたキャンプはずれの鉄道引込み線ターミナルに停車中の特別専用列車に乗り込み、楽しかった、夢のような三か月間の岐阜・各務原の米軍キャンプを後にした。今では笑い話のようであるが当時、列車内では「このまま朝鮮半島へ向かうのではないか」といった会話がまことしやかに交わされていた。結局、岐阜を離れた直行列車の行き先は四国・善通寺であった。

香川県善通寺市は、かつて乃木希典陸軍大将（日露戦争当時、第三軍司令官）が師団長をつとめたことで有名な第一一師団司令部の所在地であった。軍都として賑わった町である。また、吉田首相の指示によって初代警察予備隊本部長官に任命された増原恵吉（のちの防衛庁長官）の前職は香川県知事であった。

駅頭では、多くの市民がもの珍しそうな眼差しで、われわれ一行を出迎えてくれた。というよりも野次馬の人だかりで溢れていた。戦後まもない当時、市民の間では歓迎と不審の思いが綯い交ぜて警察予備隊に向けられていた。善通寺駐屯地には、赤レンガ造りの兵舎が多く立ち並んでいた。ここも在日米軍の居抜き宿舎のようであった。岐阜・各務原のような芝生も、果てしない緑の広がりもなく、せせこましい佇まいであった。善通寺部隊では、善通寺仮第一大隊本部中隊に所属し約三か月間、大隊本部において勤務した。

一九五一（昭和二六）年三月末、部隊は、再び善通寺から姫路に移動した。同年五月、ここで姫路部隊（郊外の旧陸軍野砲連隊あと）は、第六三特科連隊（五個大隊約三五〇〇名）として編成され、全国警察予備隊の仮編成が解かれ、正式な部隊編成の完結を見たのである。入隊から九か月後、ようやくにして警察予備隊の姿が軍隊らしく整い、警察色が徐々にうすれて、重装備化とともに次第に戦闘・火力集団としての陣容が鮮明になっていった。

善通寺、姫路両市とも、旧日本陸軍とのかかわりが深く、警察予備隊に対する市民感情は一部、「税金泥棒」呼ばわり的な視線も感じられたが、なべて好意的であったように思う。特に、小学生など年端も行かぬ子どもたちからは、どこでも無邪気な歓迎をうけた。

超一流企業からの転職理由は、健康上の問題も大きかったが、決定的な要因は別なところにあった。就職と同時に、母の負担を少しでも軽減するために、俸給（月額約四〇〇〇円）の大半を送金する寮生活が始まった。母のすまなそうに喜ぶ顔が今も脳裏に浮かぶ。

特に憂国の至情に燃えて入隊を決意した訳ではない。新しい国家治安組織に好奇心で飛びついた訳でもない。最大の転職理由は、古都・京都における静かな生活から一転、農婦と化して、育ち盛りの大所帯を支える母の姿に、一円でも多くの母への送金が長男の私に求められた宿命であった。それが可能な条件が、そこに提示されていたからに他ならない。二年勤務後の特例退職手当（六万円）は大きな魅力であったし、どうしても必要であった。そのすべてを、農家の手伝い（農作業報酬：食料）で、ささくれて荒れた母の手にとどけた日のことが、きのうの出来事のように鮮烈によみがえる。

若き日の母

母は指の細い小さな手をしていた。その母の手に引かれて、京都市朱雀第一尋常高等小学校の入学式に、そして卒業式にも付き添ってくれた。その時の母の着物姿を今でも、はっきりと覚えている。母は色白の、小柄な、和服のよく似合う美しいひとだった。そして、古都・京都をどこよりも愛し、そこに似合う明治のひとだった。

その日、母と一緒に大金（二万円）をもって、隣町へ自転車を買いに出かけた。ブリヂストン製の「光」号は、確か一万八〇〇〇円であった。背に母を乗せて田舎道を走りながら、「我が家にもやっと自転車が来たね」とささやくような母のひとり言に、前を向いてペダルを踏む目に涙がこぼれそうになった。当時、自転車は、今のどのような高級車にも優る、母への贈り物であった。そして、その時、三菱重工業入社から五か月で転職を決断したことに、いささかの悔いもなく、夏風が頬に心地よかった。母を少しでも助けることが、最大の入隊動機であったといえる。

このようにして、警察予備隊から保安隊を経て、自衛隊に至る私の四二年間の勤務が始まった。そして、その大半の年月を情報分野に身をおくことになる。言ってみれば、防衛庁における私の四二年間は、情報勤務とともにあった訳である。

疎開家族への冷たいまなざしをはね返した弟二人の早稲田進学

終戦直前（一九四五《昭和二〇》年春）、我が家は、古都・京都から三重県北部の辺鄙な地方に移り住んだ。前節の中で述べたとおりである。そこは両親の郷里であったとは言え、さらに戦時とは言え、移り住むべき所ではなかった。藁ぶき屋根の廃屋のような、劣悪な生活環境の中で、それでも一家一〇人（両親、子供六人、従弟二人）が肩を寄せ合って戦後を、力強く生き抜いた。今から七〇年余り前の回想である。

まず、長女が一九四九（昭和二四）年三月、高校進学を断念して中学卒業と同時に地元の役場に就職し、農業・教育委員会の勤務を経たのち、町保育園の保育士を約一五年勤めて退職した（三五年勤続）。その間、母の負担軽減のため一家の家計を支援し続けた。長女に少し遅れて、従弟二人も中学卒業後、就職して自立の道を力強く踏み出した。そして、母への肉親も及ばぬ、限りない援助を傾けてくれた。この三人に対し、長男として何一つ、手を貸すことも、支援することもかなわず、ただ無念と悔いが強く残る。

私は一九五〇（昭和二五）年四月、新制高校卒業後、進学の夢を捨てて一八歳で家を離れた。就職した一般企業から新設の警察予備隊に転職・入隊した経緯は先述したとおりである。育ち盛りの弟妹五人、従弟二人を抱えた母の労苦軽減のため、仕送りが差し迫った、待ったなしの急務であった。

私は一八歳から母(九六歳)を失う七〇歳までの約五〇年余りの毎月、額に多少の違いこそあれ、母への送金を続けた。ひと月として欠かしたことは決してなかった。母は後年、「お前から送ってもらったお金を全部、貯めていたら、近在一の御殿のような家が間違いなく建っていた」と口にして、よく微笑んでいたのを思い出す。その言葉だけで十二分である。私の悔いばかりの多く残る人生において、それだけは悔いのない、ただ一点に尽きる。

逐年、弟妹・従弟七人の成長に伴い、教育費が母の両肩に重くのしかかったことは確かである。大変だったに違いない。母は青春時代、上京して就職した。ただ一人の兄(従弟の父)の助言と援助を受け、大妻実業学校(現在の大妻女子大学家政学部)に一時、籍をおいて和裁を学んでいる。たとえ短期間であったとしても、当時(一九二五年ころ)、和裁の基礎を学んだことが、母の裁縫上手につながっていたようである。晴れ着の仕立てを知人から依頼されて、夜遅くまで針仕事にも精を出していた母の横顔を憶えている。母の教育に対する思い入れの原点は、この辺にもうかがえる。母は学ぶことの大切さ ― 教育に大変、熱心なひとでもあった。

終戦後、「GHQ」によって進められた農地解放により、地方の大半の小作農は自作農(小地主)に変貌した。それによって、大地主のほとんどが没落して、一般農家が息を吹き返す農業の全盛期を迎えた。都会からの「疎開家族」に農地解放の均霑《きんてん》などあろうはずもなく、食糧難に喘ぐ貧困生活に変わりはなかった。そのような状況下、「疎開家族」に向けられた冷淡な周囲のまなざしに対し、それらを跳ね返す意気地を見せる必要があった。

弟妹、従弟七人とも、劣悪な生活環境に耐え、よく学業に専念し、それぞれが精いっぱいの努力を発揮した。母の影響が大きい。とりわけ、弟二人は小学校、中学校を通して、常に学年の成績上位を争っていた。私は、この二人を引き上げることによって、「疎開家族」に対する周囲の偏見を吹き飛ばそうと考えた。つまり、地域の名門高校から一流大学への進学を、何が何でも実現しなければ、いつになっても「疎開者」の域を抜け出すことができないと思った。それによる母への負担が倍加することになったが、母は快く私の考えに同意し、挑戦することを決意した。母は、ものおじしない度胸の据わったひとでもあった。

母は、知人から人里離れた収穫率の低い、山あいの田んぼを借りうけ、飯米の確保に、そして農家の手伝い（報酬：食料）に力を振り絞った。弟妹・従弟たちにも当然負担がかかった。一家全員の協力があってこそ、実現可能な、やや無謀ともいえる弟二人の大学進学計画であった。

次男は一九五九（昭和三四）年四月、早稲田大学法学部へ進学した。当時の大学進学率は全国平均で一〇％弱、三重県下、地方のそれは、はるかに低かった。近在から早稲田大学への進学は、まさに稀有な出来事であった。

県下随一の進学校・四日市高等学校（入学者：近郊中学校の成績上位者のみ）への自転車通学（片道十数キロ）は、大変だったに違いない。そして、何よりも、自宅は廃屋みたいなものである。勉強部屋はおろか、学習机も電気スタンドも本箱も、何もない学習環境からの早稲田大学進学である。現今では、とても考えられない、嘘のような話である。よくも、貧しさに耐えて、頑張り続けたと心底、しみじみと思う。

次男は、早稲田大学に近い都内豊島区雑司ヶ谷に小さな部屋を借り、自炊生活（飲料水：井戸水）をしながら、大学へ通った。日本経済は朝鮮戦争（一九五〇年）をきっかけに、一九五五年から高度経済成長期（平均一〇％以上）に入ったとは言え、物価もそれなりの高い水準にあった（公団住宅１ＬＤＫの家賃四三〇〇円／月）。因みに、一九五九年当時、早稲田大学の年間授業料は三万円、私の給料は一万六〇〇〇円余りであった。

郷里の母への仕送りもあり、十分な生活費を次男へ送金することができなかった。従って、次男は奨学金を申請し、アルバイトに次ぐアルバイトで学費を捻出し四年間、すさまじい学生生活を送ったに違いない。しかし、愚痴を聞いたことは一度もなかった。それでも、気の合った学友仲間と一緒に信州路を旅した時のことなどを耳にし、ほっとした安らぎを覚えた記憶が残っている。

次男は一九六三（昭和三八）年三月、早稲田大学を優秀な成績で卒業した。母（五七歳）を郷里から呼び寄せて卒業式に出席した日のことがきのうの出来事のようである。次男は大学卒業後、地元三重の四日市倉庫株式会社（現日本トランスシティ株式会社）に就職し、オーストラリア・メルボルン駐在員、東京事務所勤務などで海外へ雄飛していった。

年を追うごとに、弟妹・従弟たちが下から追いかけてくる。三男が次男の影響をうけ一九六一（昭和三六）年四月、次男と同じ四日市高等学校を卒業後、早稲田大学教育学部へ進学し一時期（二年間）、二人の弟が早稲田大学に籍をおくことになった。幸いにも、次女が地元高校を卒業して三重県菰野厚生病院へ就職したことが、母の負担軽減につながった。

そして、三男は一九六五（昭和四〇）年三月、早稲田大学を卒業した。二人の弟が「都の西北」から旅立ったことになる。この時は、両親（父六〇歳、母五九歳）がそろって郷里から上京し、卒業式に出席した。そのあと、両親は、三男の配慮で名所・日光を訪ねている。子供二人を上京させ、名門大学を卒業させた両親が旅のみちすがら、山宿で枕を並べて二人、何を語りあっていたのか、母の生前に聞いておきたかった。残念である。この旅が両親そろっての最後の道連れとなった。

三男は大学卒業後の約三五年間、三重県の高校教員として、県下各地の高校において教鞭を取った。現在もなお、非常勤教師として県下の高校教育に力を注いでいる。

弟二人の早稲田遊学が「疎開家族」の鬱憤を晴らすには十分すぎる快挙であったと、今も確信している。それは戦後の混乱期、一家一〇人が肩を寄せ合って生き抜き、みんなの力で達成した、金字塔を打ち立てたような誇りであった。そして、その後、弟妹・従弟七人それぞれの人生における大きな自信になったことも否めない。「疎開家族」を見る周囲の目が驚きに変わったことも確かであった。弟二人の、それぞれ浪人生活を克服して、血の滲むような苦学に耐え抜いた頑張りに敬意を表したい。このことが、私の「晩学への夢」を大きく膨らませる無言の支えになった。

第2章
念願の大学進学を実現する

日米戦争の終戦直前、一家一〇人の「疎開家族」が京都から三重県に引越したことは前章において述べた。それ以来二〇年、末弟の早稲田大学卒業をもってようやく、わが家に吹き荒れた嵐が過ぎ去ったような朝を迎えることができた。

一九六五（昭和四〇）年時点での、私を含めた弟妹、従弟八人の成長記録は、次のとおりである。長男（三三歳）自衛隊勤務一五年（著者）、長女（三二歳）三重県菰野町保育園勤務一六年、次男（二八歳）四日市倉庫株式会社（現日本トランスシティ株式会社）勤務二年、三男（二五歳）早稲田大学卒業、次女（二三歳）三重県菰野厚生病院勤務五年、三女（一九歳）三重県百五銀行勤務一年、従弟（三一歳）四日市市内に青果店展開一五年、従弟（二五歳）四日市富田型紙師修業九年。

母は戦後の混乱期、八人の子供をその手で社会へ送り出した。三男の早稲田大学卒業と同時に、母は六〇歳の定年を迎え爾後三六年間、好きな「花いじり」の静かな生活を迎えた。私を軸に、弟妹・従弟七人が母の生活をがっしりと支えることになった。それは、次の段階へ進む青信号であり長い間、私の胸に秘めていた大学で学ぶことを可能にした。

1 北海学園大学（夜間部）へ

一九六五年当時、私の俸給は月額四万円（自衛官一等陸曹、一一号俸）を優に超えた。三男の大学卒業を機に、母への送金（一万五〇〇〇円～二万円）後、手許に余裕が残るようになった。そこで、高校卒業以来の夢、念願の大学進学に踏み切ることを決意した。

ゲートル（脚絆）を巻いた軍事教練・援農（旧制中等学校一年）～悲劇的敗戦（旧制中等学校二年）～アメリカによる浅薄な学制改革（旧制中等学校四年）といった激動の中で、まともな教育（授業）を一度でも受けた記憶がほとんどない。静かな環境で勉強がしてみたい― ずっと願い続けてきた一途な思いであった。この夜間大学への進学が私の定年退職後の「晩学の道」へ進むきっかけになろうとは、この時、夢想だにもしていなかった。

同年二月、北海学園大学法学部（夜間部）の合格者（約一〇〇名）が新聞紙上に掲載された。小さな活字ではあったが、大学生になった瞬間である。大きな喜びであった。それからの四年間、皆勤と学年トップの成績で卒業することを自らに誓った。その夜、郷里の母へその決意を電話で固く約束した。

情報勤務自衛官と学生の二足のわらじ

北海学園大学は、札幌市の中心部を流れる渓流・豊平川の河畔に白亜の校舎を並べている。現在では、地元道内出身者八〇〇〇人以上の学生が学ぶ北海道随一の私立総合大学である。

同大学は約一三〇年前、札幌農学校（現北海道大学）予科の受験準備のための私塾として設立された北海英語学校が母体である。戦後の学制改革により、既存の高等教育機関（旧制高等学校、専門学校など）および帝国大学を併合して新制大学が設立された。その流れをうけて、一九五二（昭和二七）年、北海学園大学（経済学部）が発足した。法学部（夜間部）の設置は、それよりも一二年後（一九六四年）のことである。従って、私は同大学法学部（夜間部）の第二期生であった。

夜間部の学生はすべて、向学心に燃えながらも、何らかの事情で大学への進学をあきらめた好青年ばかりであった。日立、東芝など私企業の社員、北海道陸運局、裁判所などの国家公務員、道庁、市役所などの地方公務員、その中に自衛官も多く含まれていた。年齢は二〇歳前後で、私が最高齢の三三歳であった。

夜間法学部への入学者の動機はさまざまで、仕事上の必要からより専門的な知識を吸収しようとする者、より広い視野と教養を得て将来を模索する青年たちであった。四年間を通じ、過去に経験したことのない素晴らしいクラスメートたちとの出会いであった。私と同じ自衛官（陸士長）であった学友の一人は卒業後、自衛隊幹部候補生試験（受験資格：大学卒、年齢二八歳まで）に合格し一旦、自衛隊を退職し、幹部候補生学校へ入校している。のちに、北部方面航空隊隷下の部隊長（一等陸佐）を勤め上げた好漢であった。

夜間部学生に対する取扱いは、昼間部学生と全く同じ条件であったが、学費は昼間部の約半額で、国立大学のそれよりも低く優遇設定（年額約一万円）されていた。一方、自衛隊では、自衛官が部外の学校への修学について、隊務に支障のない限り、修学者に便宜を与え勉学心を助長する施策がとられていた（陸上自衛隊服務細則第八三条）。

私は入学当時、自衛隊北部方面総監部調査部において海外ラジオ放送の受信業務に従事していた。つまり、情報機関において情報収集業務についていた。一般職種部隊（野外戦闘部隊）と異なり、机上の仕事であった。体力的な余裕も夜間通学を後押ししてくれたのである。

この海外ラジオ放送というのは、極東ソ連における局地ラジオ放送の受信・翻訳業務のことである。この業務は当初、米軍の「ＦＢＩＳ」（外国放送情報部、Foreign Broadcasting Intelligence Service）から提供された参考資料に基づいて開始された。

一九六〇（昭和三五）年当時、ソ連における国内向けラジオ放送の番組は、中央局であるモスクワの全連邦ラジオと各地のローカル局（ローカルラジオセンター）によって制作されており、全国に点在する送信所から放送されていた。各地のローカル局は、行政上の区画（連邦構成共和国、地方、州、自治共和国、自治州、自治管区など）に基づき、各行政中心都市に設置されたテレビ・ラジオ委員会（勤労者代表各ソビエト常任委員会）がその運営にあたり、それぞれの局地内を対象としたローカル番組の制作・放送、全連邦ラジオ中継などの業務をおこなっていた。なお、ソ連全領域には約一八〇の国内向け放送センターがあり、使用されている言語は七〇種類におよび、全体の三分の二が二種類以上の言葉で放送されていた。

極東ソ連における局地ラジオ放送局はアムール、チタ、イルクーツク、カムチャットカ、マガダン、サハリン各州、ハバロフスクおよびプリモーリエ各地方の中心地に、それぞれおかれていた。また、太平洋、インド洋、北極海を航行する船舶向けに毎日、ウラジオの太平洋ラジオ放送局がニュースを流していた。これらのラジオ放送から期待される情報資料は概ね、次のとおりであった。

- 一般社会情勢。
- 共産党、行政、治安（民警）の動向。
- 地域における軍（国境警備隊）の活動（主として災害派遣、援農、スポーツ）。
- 船舶（海洋、河川）、造船所、民間航空、港湾の状況。
- 鉄道、道路、パイプライン、通信の状況。
- 石油、石炭工業の生産状況。
- 農水産業の現況。
- 製紙、林業の生産状況。
- 建設事業。

・電力、熱供給事情。
・民間防衛組織、コムソモール（共産青年同盟）、ピオネール（共産少年団）、ドサーフ（陸海空軍後援会）の活動。
・天気予報、その他。

米軍の「FBIS」組織は国防総省、「CIA」（中央情報局、Central Intelligence Agency）、「NSA」（国家安全保障局、National Security Agency）、それとも別の系列か、正確な所属は明らかではない。恐らく、「CIA」に隷属しているものと思われる。いずれにしても、同組織は、全世界的な規模で対象国のすべての局地ラジオ放送を受信し、その翌日には、それらの翻訳資料がワシントンのデスク（米政府情報機関）に報告されていたようである。膨大な作業が予測されるが、米国の情報収集努力のスケールは到底、わが国のそれと比べうべくもない。この「FBIS」の情報資料が、いかなるルートで防衛庁（当時）へ提供されていたのかは不明であるが、極東地域、特に千島列島を含む樺太の状況については詳細に把握されており、その正確度の高さは驚嘆に値するものがあった。

隣接諸外国地域における情勢把握は勿論、わが国の防衛と無関係ではありえない。私が約一二年間に亘って受信・翻訳した膨大な情報資料が今、どのように整理され、いかに活用されているのかを知る術はない。たとえ、消極的・受動的手段であっても、収集可能な情報は何でも集めるという、迫力に満ちた情報収集努力が、わが国では日露戦争以後、伝統的に欠如していたように思われる。その当時、極東ソ連の状況を日々、確認できる唯一の情報資料源は、局地ラジオ放送の受信以外になかった。地方の新聞（統制品）が、たまに入手されると、秘密文書でも手に入れたような感じの時代背景であった。

私は入学直前、住居を勤務場所近くに移し、課業終了後一旦、自宅へ戻り、自衛官から学生に豹変して中古自転車のペダルを力強く踏み込んだ（大学まで約五キロ）。上司の一人から「君は夕方近くになると、眼が生き生きしてくる」とよく言われたものである。授業開始の五分前には、教室の前席で講義を待ち構えていた。すべてにおいて、学びやすい恵まれた環境にあったと言えよう。

しかし、冬季における夜間の自転車通学は大変、危険であった。当時は未だ、自動車の往来が少なく、除雪された車道通行がかなり可能であった。吹雪や風の強い日は、時間のかかる市電通学に切り替えたが、基本的には自転車通学を押し通した。

夜間部学生の共通の難問は健康管理、特に夕食である。現在のようにコンビニエンスストアや自動販売機はなく、容易に食品を入手するのは難しかった、半世紀も前の時代背景である。授業を終えて空腹の帰宅後、夜の一〇時前後の夕食が健康維持に良いわけがない。軽食にならざるを得なかった。それを克服しなければ、夜間通学は不可能であった。

今も忘れない法学部の講義

法学部夜間部のカリキュラム（教育計画、Curriculum）は昼間部と同一であった。創設間もない夜間法学部であり、教授陣は、大半が北海道大学および北海道教育大学からの教官で占められ、半世紀余りを経過した現在とでは隔世の感がある。従って、各教官の講義内容に変わりはなく、恰も北海道大学法学部の夜間分校のようなものであった。

第一学年目、専門教育科目必修の一部（憲法）も入っていたが、一般教育科目の講義は口述筆記が大半であった。受講に際し、科目ごとのノートを二冊作成し、一冊は授業における「なぐり書き」の速記用、他の一冊は講義内容の整理にあてた。この受講方針は四年間を通して変わることなく堅持した。

特に、「憲法」、「生物学」の講義では、教授が入室後、直ちに手持ち資料の朗読が始まり、有無を言わせぬ口述筆記であった。朗読速度が速くなると、学生から「ブーイング」（不満の声、Booing）が教室一杯に広がるのが常であった。

定期試験は各学期末、年二回、実施された。追再試験も各学期末におこなわれたが、在学中に一度も受験することはなかった。試験期間中は有給休暇を申請し、全力投球で試験に対処した。つまり、夜間の睡眠を十分にとり昼間、食事制限（減食）をして夕刻から開始される試験に備えた。

一発勝負の定期試験は絶対に落とすわけにはいかない。数本の鉛筆を机上に並べて答案用紙に向き合った日々が思い起こされる。定期試験が終わると体重がかなり落ち込んだ。これほど真剣に、そして必死に取り組んだ試験は、この夜間法学部がはじめての貴重な経験であった。

特に、強く印象に残る講義は、第四年次の前期において聴講した「民法特殊講義Ⅱ」（二単位）である。担当教官は当時、北海道大学法学部の川井健教授（のち、一橋大学学長、一橋大学名誉教授）であった。先生は、風呂敷に包んだ参考資料をゆっくりと取り出しながら、語りかけるように講義をはじめられた。

講義の内容は「不法行為論」であった。型にはまった法律用語を使われることもなく、日常会話のような語り口で講義を進められた。それでいて、その内容は、きわめて分かりやすく核心をつき、正鵠を射るものばかりであった。その都度、ノートをとる学生への、先生の配慮を肌で感じた。半世紀も前の講義の内容を今でも忘れることなく、記憶にとどめていることが不思議である。

最終講義では「講義した中から、容易に解答できる簡単な問題を試験で問う」と言われ、「夜間通学は大変だと思うが、最後までやり遂げてほしい。ご健闘を祈る」と言い残されて教室をあとにされた。

どこか、古武士の風格を漂わせた先生の風貌が思い起こされる。その後、先生にお目にかかる機会はなかったが五年前、先生の訃報に接した。残念でならない。ご冥福を、ひたすらお祈りするばかりである。

今一つは外国語（ドイツ語、八単位）であった。担当教官は当時、北海道大学言語文化部の新妻篤教授（北海道大学名誉教授）であった。教材は、ヘルマン・ヘッセ（Hermann Hesse）の短編小説が取り上げられた。教材は事前にすべて読了して講義に備えた。授業ではいつも、最終的には先生との一対一のやり取りになった。予習をしてくる学生がいなかったからである。ドイツ語の学習は、最も楽しかった授業の一つであった。

私が一九九二年四月、北海道大学大学院へ入学した翌年、先生の退官記念講義に出席した際、「研鑽を祈る」と激励の言葉を賜った。それ以来、お目にかかっていない。いつまでも、思い出に残るドイツ語教室である。

2 四年間の大学生活

自衛隊に転職してから一五年、三三歳にして念願の大学の門をたたいた。自衛官としての累進を捨て、自衛隊調査学校において修得したロシア語を特技として情報勤務一筋に道を求めつつ、大学における「学問の門」を渇望したことに悔いはなかったし、今も悔いはない。夜間大学四年間の学習成果 ― それは「学ぶことの大切さ」を実感したことに尽きると思う。

社会科教員免許を取得

法学部生は教育職員免許、司書、司書教諭などの資格が取得できる。主として、夏季休業(八月~九月)期間中に、教職に必要な科目を受講し、試験に合格することが必要であった。将来、教職につく心算はなかったが、折角の機会でもあり、夏休みを有効に活用し、教員免許の取得に挑戦することを決めた。

教育職員免許を取得するためには一般教育科目（四〇単位）、教科に関する専門科目（一〇二単位）、外国語（一六単位）、体育（四単位）のほかに、次のような教職に関する専門科目の履修が必修であった。履修結果を併記する（下表）。

実際に教壇に立って授業をおこなう教育実習（二単位）は、大学に隣接する札幌商業高等学校（現北海学園札幌高等学校）の定時制課程（一九七三年に廃止）において担当教官の立ち合いのもとに実施された。

定時制の生徒たちは皆、昼間仕事をしながら、疲れた身体で夜間高校へ通ってくる。教育実習の授業は一種の「セレモニー」（形式、Ceremony）にも似て、休憩時間のようなもので誰一人、耳を傾けてくれないということを聞いていた。案の定、机にもたれて眠っている者、友人と談笑している者、週刊誌を読んでいる者、教育実習の講師など全く眼中にはないと言った教室の様子であった。

授業に先立ち、自分が自衛官として勤務しながら、夜間大学に通っていること、情報勤務についていること、ロシア語を勉強していること、野球をしていることなどを紹介したところ、生徒たちの目が一斉にこちらを向いたのである。

当時、札幌では、一九七二（昭和四七）年二月に開催される第一一回オリンピック冬季競技大会札幌大会（一九六六年四月の第六

教育原理	３単位	（良）
教育心理学	２単位	（優）
青年心理学	２単位	（優）
教育哲学	２単位	（良）
社会科教育法	３単位	（良）
道徳教育研究	２単位	（優）
教育実習	２単位	（優）
合　計	16単位	

四回ＩＯＣ総会で決定）に市民の間でも高い盛り上がりを見せていた。そこで、札幌大会に参加するソ連の国名「ＣＣＣＰ」を黒板に、ロシア語で正書して「エス・エス・エス・エル」と読むことを紹介した。すると、生徒たちの目が輝きはじめた。調子に乗り、ロシア民謡「アガニョーク」（ともしび）の一節をロシア語で歌った。生徒全員から大きな拍手をうけた。教育実習において外国民謡であれ、歌をうたった実習生は、後にも先にも私一人であったに違いない。

そのあと、生徒全員が私の授業に耳を傾けてくれた。そして、質問までも飛び出した。教室を後にするとき、「先生、また来てください」―生徒たちの声が今も、背中に響くような気がする。あのときの生徒たちも、すでに古希に近い。私のロシア民謡を憶えていてくれるだろうか。懐かしい思い出の一つである。

一九六九（昭和四四）年三月三一日、北海道教育委員会から「中学校教諭一級普通免許状（社会）」および「高等学校教諭二級普通免許状（社会）」を授与された。しかし、これらの教員免許を使用する機会は、遂に訪れることはなかった。

学長表彰を受け卒業

一九六五（昭和四〇）年四月、北海学園大学法学部（夜間部）に入学以来、四年間における履修（取得）単位数と履修成績は下表のとおりであった。

すでに述べたとおり、夜間大学の開講科目は時間的に限定される。従って、欠席は単位取得に致命的であり、卒業要件の充足が難しくなることは必至である。夜間部学生が昼間部学生よりも、真剣にならざるをえないのは当然、その辺の事情に基づいている。暇つぶしにくる夜間部学生など、一人としていない。学友全員、真剣そのものであった。

しかし、厳しい履修状況の毎日ではあったが、たのしい思い出も数多く残っている。それは、夏季休業期間中の週末に実施される夜間部学生間の交流球技大会（バレーボール、ソフトボール、卓球）であった。

クラス仲間には、高校時代の各種運動部において活躍した選手が多く、すべての大会で優勝をさらって、溜飲を下げた。ともに汗を流した、五〇年も前の日々が懐かしい。

四年前、北海学園大学法学部（夜間部）昭和四〇年度合格者が新聞紙上に発表された夜、母と電話で交わした学年トップの成績で卒業するという約束は果たすことができたが、皆勤の約束は実現することができなかった（数日病欠）。それでも、郷里の母は、弾むような声で祝福

履修（取得）単位数

一般教育科目	（人文科学系）	24単位
	（社会科学系）	12単位
外国語	（英語）	8単位
	（ドイツ語）	8単位
保健体育	（講義）	2単位
	（実技）	2単位
	合計	68単位
専門教育科目		92単位
	総合計	160単位

履修成績

一般教育科目	12学科目	優×10、良×1、可×1
外国語	2学科目	優×4
保健体育	3学科目	優×3
専門教育科目	24学科目	優×20、良×4

を送ってくれた。

一九六九（昭和四四）年三月二一日、同大学大講堂において昭和四三年度卒業式が盛大に挙行された。早春とはいえ、まだ風の冷たい、雪の残る札幌へ母を呼ぶことはできなかったが、卒業式では卒業生総代に選ばれ、全員の卒業証書を受け取り、さらに学長から表彰状を授与された。その時の写真数葉を急いで母へ送った。

卒業式の夕刻、学友たちで卒業の祝宴を開いた。従来、卒業時における学長表彰は四年間の学費全額返還が通例であった。学友との間で事前に、その日の祝宴費用は、私が返還される学費からすべて負担することを約束していた。ところが、受け取った表彰目録には「銅製花瓶一本」と書かれているのみであった。学友たちと大笑いしたことを憶えている。あとで知ったが、この年から学費全額返還が取りやめになったとのことであった。

後日、大学から送られてきた立派な銅製の花瓶は、直ちに郷里の母へ郵送した。母はずっとその花瓶を大切に玄関先において、生け花をたのしんでくれたようである。

名ばかりの新制高等学校を終えて、憧れの大学の門にたどり着くまでに一五年の歳月を要した。中等教育の余りにも惨めな、そして全くむなしい学校生活の日々と比較して、夜間大学では、学問のできる幸せを毎夜、しみじみとかみしめることができた、きわめて充実した、素晴らしい四年間であった。大学を修了したあと、札幌・北部方面総監部調査部から東京・六本木（当時）の防衛庁中央資料隊へ転勤し、ソ連軍に関する文書情報と向き合うことになる。

第3章
通信教育による再学習

早稲田、慶應、中央の各大学をはじめ、通信教育部をおいている大学は全国各地にまたがっている。北海道、東北、関東、関西、九州地方において四〇の大学を超える。そのうち、関東地方が半数以上を占め、とりわけ、東京都には、一八の大学において通信教育が実施されている。そして、その学部も多種多様であり、ユニークな大学通信教育が展開されている。

文部科学省の「学校基本調査」によれば、大学（短期大学を含む）への進学率は二〇一七年現在、約五〇％である。高等学校卒業者の二人に一人が大学へ進んでいることになる。しかし、戦後の、いわゆるベビーブーム時代に生まれた団塊の世代で見ると、その大学進学率は約一〇％に過ぎない。大学での学習を夢みながら、大半の青年が色々な事情から中学、高校を卒業と同時に実社会に飛び出している。

そこで、誰しもが迎える人生の節目、定年後の進路の一つとして大学通信教育を推奨したい。

入学時期は毎年二回、四月一日（出願期間二月一〇日〜一か月）と一〇月一日（出願期間八月一〇日〜一か月）と定められている。入学資格があれば、比較的容易に入学することが可能であり、何よりも自らが学習時間をコントロールできるという利点が大きい。

私が「再学習の場」として選んだ慶應義塾大学の場合、入学資格は出願時の最終学歴により、普通課程（高等学校卒業者）、特別課程（短期大学・高等専門学校卒業者）、学士課程（大学卒業者）に分かれている。卒業のための在籍期間は普通課程で四年間、特別課程で三年間、学士課程で二年半が必要で、そのいずれも、入学時から最長一二年間の在籍が認められている。

私の場合、制服自衛官（尉官）の定年五三歳が、大学通信教育履修のスタートになった。それは、就学に恵まれた環境にあったので、すべての定年退職者に当てはまらないかもしれない。しかし、どのような環境であれ、大学という「学びの場」における学習の喜びと苦しみに変わりはない。その、ありのままの、慶應義塾大学に学んだ通信教育の体験を、以下に紹介したい。定年後の確かな生き甲斐の一つの道であることを確信するからである。

1　自衛官を定年退職

警察予備隊は一九五〇（昭和二五）年八月、七万五〇〇〇人体制で呱々の声を上げてから三五年、その後、保安隊（一九五二《昭和二七》年一〇月）から自衛隊（一九五四《昭和二九》年七月）にそれぞれ名称を変更して、陸海空自衛隊約二五万人体制に至っている。自衛隊三五年の歴史は、そのまま私の人生に当てはまる。一九五〇（昭和二五）年九月二日、一八歳で大阪管区警察学校（大阪城内）に入隊してから三五年が経過し、私は五三回目の誕生日を迎えた。それは、自衛官（尉官）の定年退職年齢であった。

若年定年制の自衛隊を五三歳で退職

自衛官には若年定年制が敷かれている。それは、体力的に頑健で、防衛・戦闘集団としての精強さを保つためである。二等陸士での一般入隊では陸上自衛隊が二年、海・空自衛隊が三年（初任期のみ）を一任期として取り扱う任期制がとられ、次の任期に継続する場合でも満期金の名称で退職金の支給を受けることができる。これにより、若年層の隊員を大量に確保し、戦力の維持向上が図られている。従って、自衛隊全体の中で、総人員に占める任期制自衛官の割合も高く、「士」のつく階級（陸士長、一等および二等陸士）では、そのほとんどが任期制の自衛官である。

これに対し、非任期制自衛官である三等陸曹以上の階級にあっては、自衛隊法施行令に定める年齢で定年となる。定年制の施行当初は確か、四五歳という若年で退職を余儀なくされた隊員が多くみられたように思う。四〇代といえば壮年期の働き盛りであり、次の人生がいやおうなしに待ち受けている。そのため当時、自衛隊では、就職援護活動が積極的におこなわれるようになった。その後、逐次、五〇歳定年から徐々に年齢が延長され、一九八五（昭和六〇）年に私が定年を迎えた当時、尉官の定年は五三歳であった。因みに現在、非任期制自衛官の定年は、将官六〇歳、佐官五五歳（一佐五六歳）、尉官五四歳、曹五三歳（一曹五四歳）である。

防衛庁事務官として再任用

私は同年一月二一日、二等陸尉（三〇号俸、三六万八一〇〇円）で定年退職した。その三日後の一月二四日、防衛庁事務官・行政職（一）六等級（一七号俸、二二万四六〇〇円）に任命された。そして、陸上幕僚監部調査部調査第二課調査別室に勤務を命じられ、「通信情報専門官」として東千歳通信所に配置されたのである。つまり、「ＵＣ」転官であった。

「Ｕ」はUniform（制服）、「Ｃ」はCivilian（文官）の略号であり、制服自衛官から防衛庁事務官への分限（再任用）を意味する。その場合、当該自衛官の職務の特殊性、定年退職により正面業務の運用に著しい支障が生じると認められる十分な理由などが考慮され、従前の勤務実績等に基づく選考がおこなわれ、はじめて、「ＵＣ」転官が可能になるという厳しい条件が前提になっている。従って、定年退職自衛官本人の希望だけで「ＵＣ」転官が叶うものではない。昭和六〇年度、北部方面隊管内における「ＵＣ」転官者は、私以外に聞いていない。

私の場合、上述の厳しい条件を満足させていたとは、とても言い難い。関係上司の深い理解と配慮、同僚・後輩諸官の力強い後押しに支えられて、「ＵＣ」転官が実現したものである。そして、防衛庁事務官の六〇歳定年までの七年間、何としても、その期待に応えなければならないという責任の重さを痛感した。

後進の指導にあたった七年間

使い慣れた机を前に慣れ親しんだものに囲まれると、ここに自分の居場所があるんだと、改めて仕事に向き合える喜びと感謝を心からかみしめた。それが、私服に身を包んだ、防衛庁事務官としての初日の正直な感想であった。約三〇年におよぶ「対ソ連情報」勤務から体得した経験と教訓、そして語学（ロシア語）を実務に反映させる技術と方法などを後継者に伝える作業が、私に課せられた七年間の責務であった。その七年間に、特に留意した二点をとりあげておきたい。

①服務指導

後継者育成において特に留意した事項は、若年隊員の服務指導であった。服務指導については、色々な角度から検討しつくされ、その徹底が推進されてきたが、服務事故の発生はあとを絶たない状況にある。警察、海上保安庁、消防庁など多くの若年隊員を抱える公安組織も同様であるが、自衛隊の場合、すでに述べたように、若年隊員を擁する比率では、それらの組織と比べうべくもない。若年隊員の規律ある服務が、そのまま自衛隊の精鋭化に直結するのである。従って、服務指導における効果の成否が戦闘武装集団の堅固を左右する。服務指導は、命令（指示）や規則で縛り付けるだけでは効果を望めない。若年隊員個々の自律と自覚にまつ以外に最良の対策はないが、隊員一人ひとりの目線に上級者の視線を落とすことが最も大切である。

一般職種部隊（普通科、特科、機甲科など）の場合、隊員の行動（作業）は、基本的に各級指揮官の統制によって律されるが、情報任務部隊（組織）の場合、隊員個々の独立行動（作業）が多い。通信情報収集活動における隊員は、一人ひとりが担当正面の責任戦士である。言うまでもなく、通信情報は、第一次収集資料の入手なくして成り立たない。整備された通信施設（器材）、周到な準備作業（教育）があっても、通信員個々の職責に対する旺盛な闘志がなければ、情報収集活動の成果を期待することは困難であろう。

服務指導の要諦は、たとえ些細な事象と思われても、通信員の報告に耳を傾けて、まず、その労を多とすることである。つまり、隊員一人ひとりの「やる気」を引き出すことにつきるものと考える。その場合、通信員本人に直接、賞賛の言葉を投げかけるのではなく、第三者の口からの伝聞が、より効果的であるように思われる。

職務上の服務指導について要点を述べたが、若年隊員の課業外における指導もきわめて難しい。態様が多岐にわたるからである。サラリーマン金融関連の金銭トラブル（弁護士との交渉）、自動車事故（被害者との示談）、盗難事故、自殺事件、職務離脱など、それぞれに特殊な事情が介在して、容易に解決できる問題は存在しなかった。これらの場合に必要なことは、冷静な原因（理由）の究明と誠意ある迅速な対応である。しかし、私自身、どれ一つをとっても、満足のいく、納得のできる指導をとり得なかったことを、深く反省している次第である。

②業務分析

業務分析の主要な目的は、業務の経済性と組織の活性化を追求し、必要最小限の人員で、最高の効率を狙い、正面業務の整斉たる遂行を図るためである。基本的な情報収集活動の循環過程は、情報主要素（EEI Essential Element of Information）の確立（情報収集計画の立案）、情報資料の収集（素材の整理）、個々の素材の処理（関連性の評価）、そして判定（情報の使用）という四段階を経て、情報資料（Information）が情報化（Intelligence）される訳である。この作業は通信情報収集活動においても、そのまま適用される。

素材（情報資料）の処理にあたっては、流砂の中から一粒の砂金を拾い上げるような注意力が求められる。そして、既存資料との比較（常態か変異か）、特徴の把握（分析）を速やかにおこなわなければならない。その際、戦略情報の色彩が濃い通信情報収集活動においては、特に素材（情報資料）の整理保管が肝要である。

そのために処理担当者は、常に最新の業務分析書（業務手引き）を作成しておく必要があろう。それには少なくとも、次の項目を含めなければならない。

職務の概要（組織機能図の任務、業務の根拠、処理作業の内容）

業務処理の過程（処理の流れの図示、処理の作業量）

参考事項（業務の現況と問題点、当面の作業内容）

処理担当者が不在になる場合（休暇、入校、入院、出張等）、あるいは転出などにより担当者が交代する場合、業務分析書（業務手引き）を開けば、代行（交替）者による業務処理が容易におこなわれ、業務の停滞を最小限に抑えることができる。

素材（情報資料）の活用は、処理担当者の手腕にかかっている。従って、処理にあたっては、担当者の判断力・洞察力が要求され、理論的素養が考察の武器になる。そのためにも、処理担当者には常に作業分析が必要なのである。

「通信情報専門官」としての七年間は、日常業務と様々な服務指導に忙殺され、当初に意図した計画の半分も達成することができなかった。とりわけ、通信情報収集活動に欠かすことのできない「軍事通信用語辞典」の作成に手をつけられなかったことが残念でならない。情報勤務の後輩諸官に重い債務を委ねたことを、今も悔いている。

2　慶應義塾大学法学部（通信教育部）へ入学

「ＵＣ」転官から三か月後の一九八五（昭和六〇）年四月、私は、慶應義塾大学法学部甲類（法律学科）の学士課程（通信教育部）に入学した。その目的は、前章において述べた北海学園大学法学部（夜間部）卒業後、約一五年が経過し、同大学において修得した知識をリカレント（再学習）するためであった。そして、制服自衛官の定年によって三五年間の勤務に一区切りをつけたことも、その理由の一つであった。

隊務をこなしながら受講

防衛庁では当時、余暇を利用した隊員の各種学習活動が推奨され、隊務に影響が出ない範囲内において勉学に対する便宜が色々と図られていた。大学の通信教育課程では、スクーリング（面接授業、Schooling）受講のための大学所在地への移動手段（航空自衛隊定期連絡便の利用）、また同所在地近くの宿泊・給養（各駐屯地内施設）、その間の有給休暇の取得（優先付与）など、様々な勉学への環境支援が当該隊員に提供されていた。また、営舎内居住隊員には宿泊駐屯地での無料給食、それ以外の者でも有料喫食が可能であった。これらのことは、今でも大きな変化はないように思う。色々な事情から大学教育を受ける機会がなくとも、通信教育課程に勉学の場を求める道が自衛官には広く開かれていた。

一八五八年開学以来の伝統を誇る慶應義塾大学は一九四八（昭和二三）年、文学部（哲学、史学、文学）、経済学部および法学部（法律、政治）に通信教育課程を開設した。入学資格および在籍期間等は、すでに述べたとおりである。学費は初年度、入学金（選考料を含む）、教育費、教材費、年間登録料等で約一〇万円くらいであったように記憶する。

必修科目　憲法、民法総論、刑法総論　10単位
選択必修科目　任意の科目で20単位以上
必修外国語科目　通信（テキスト）6単位
　　　　　　　　面接（スクーリング）2単位
選択科目　任意
スクーリング　28単位まで
授業区分　通信　40単位以上
　　　　　面接　28単位まで
卒業論文　8単位
合計：124単位

学士入学であった私の場合、前大学で履修済みの一般教育科目の受講は免除され、専門教育科目（外国語およびスクーリングを含む）のみの単位取得で卒業要件をクリアーすることが可能であった。

法学部（甲類）の場合、卒業所要単位（卒業に必要な単位数）は、前頁のとおりであった。また、学士課程への入学に際し、一般教育科目三六単位、保健体育科目四単位の合計四〇単位が履修免除され、私に必要な卒業所要単位数は八四単位以上となった。

テキストによる学習と夏季のスクーリング

慶應義塾大学の通信教育課程は通信授業（テキスト）、面接授業（スクーリング）および卒業論文の三本柱から成っている。他大学の場合もほぼ、同様な教育方式であろう。その主体は通信授業にある。通信授業では、きわめて合理的に作成された配本計画に基づいて配本されてくるテキストを徹底的に読み込むことがまずは大前提になる。それなくしては一歩も前に進めない。つまり、所定の課題に対するレポートの提出、科目試験の受験へと続く一連の履修の流れに乗り切れない。配本テキストとの対決、そして、その征服が通信授業における勝利の決め手になる。

学習方法は人それぞれの進め方があり、自分に最も適した、理解し易いやり方で取り組むべきであろう。すでに述べたとおり、自学自習を前提とする通信教育において学習時間を自らがコントロールできる利点を指摘した所以である。そして何よりも、怠惰が学習の遅延を招く。

寸刻を惜しむ積極的な姿勢のみが学習の進捗を確実に保証してくれる。それが、通信教育課程の大きな特徴の一つであろう。

次に通信教育課程における自己の学習形態等をその体験から簡単に記しておく。

①配本テキストの受領とそれに基づく自己（自宅）学習（教材の読破）。

私の自己学習は、通勤列車内の時間（ＪＲ千歳線、往復約二時間）と休憩時間（昼休み、約一時間）をあてた。特に、早朝の列車内は閑散とした絶好の自習室であったし、夕刻の混雑した車内も意外に集中することができた。私は、それらの時間を利用して、次々に送られてくる教材の学習（レポートの構想）に没頭した。とにもかくにも、まず教科書を読破して、理解しなければ、課題に対するレポートを書くことができない。さらに、レポートを提出しなければ、科目試験への挑戦権が与えられないからである。従って、あたかも「鬼退治」をするかのように、全力で一つ一つの教材と対決せざるを得なかった。それが、最短期間で卒業するという目標の絶対条件でもあったのである。

②科目課題に対するレポートの提出（学習成果）。

配本テキストの履修においては素読と精読の反復を繰り返した。素読では、テキストのどこに何が書いてあるかだけを一挙に把握し、精読においては、レポート作成（課題）のための要点箇所を絞り込んで整理した。そしてまず、書けるところから書き始めるということに強く留意した。従って、配本テキストの理解に一点集中し、参考文献の活用は極力排除した。そのための時間的余裕がなかったからでもある。

提出したレポートの添削においてその都度、各教官の寸評がたのしみであり、学習の大きな励みになった。感動したり、失望したり、悲喜こもごもであった。一回だけ、「社会学」（四単位）のレポートが「D」（不合格）で返送されてきたことがある。自信をもって作成したレポートだけに納得がいかなかった。直ちに、レポートを書き直して「速達便」で発送し、いささか抵抗したこともあった。戻ってきた評語（成績）は結局、「C」であった。レポートと科目試験の双方に合格して、一つずつ単位を取得していった感慨は、通信教育課程の醍醐味であった。

③科目試験の受験（全国各地で年四回）。

科目試験は全国の主要都市（北海道では札幌市のみ）で年四回実施される。科目試験は一発勝負である。事前に、いくつかの出題予想問題を想定し、一問完全解答主義を徹底した。予想が的中したときの快感は今も忘れられない。慶應義塾大学における評語（成績）はＡＢＣＤの四段階で区分され、Ｄが不合格である。すべての試験において「Ｃ」以上の取得を目標にした。

④レポートおよび科目試験の両方に合格（単位取得）。

レポートおよび科目試験の双方に合格することが、単位取得の前提条件であるが、夏期スクーリング（面接授業）の受講と筆記試験の合格も卒業要件の一つであった。それと同時に、必修科目として外国語（英、仏、独）一か国語の履修（スクーリングで二単位）が義務づけられていた。それは、かなりレベルの高い内容で、通信教育課程の受講学生にとって単位取得の最大の難関になっていたようである。次の卒業感想文からも、そのことがよく分かる（『慶應通信』第四八一号、一九八八年四月）。

「ドイツ語を必修外国語にしたが、うなされるほど苦しんだ。ドイツ語第二部は五回受験して合格したとき、これでやっと卒業論文にとりかかれると、大変うれしく思った」

私も必修外国語にドイツ語を選択して、沼崎雅行先生のもとで、ラフカディオ・ハーン（小泉八雲、Lafcadio Hearn）の怪奇文学作品を読んだ。かつて、北海学園大学（夜間部）において新妻篤先生（北海道大学名誉教授）のもとで、第二外国語としてヘルマン・ヘッセ（Hermann Hesse、独）の短編小説を学んだときも、そうであったように、先生と一対一の授業になることが多かった。先生から教材の読解を指名されても、ほとんど誰一人として答える学生がいなかったからである。尤も、英語以外に大学で学ぶ外国語が実社会においてすぐに役立つとは、とても思えない。単位取得だけが目的になりやすい傾向も否定できない事情もある。慶應義塾大学の通信教育課程においても英語よりドイツ語の方が単位をとりやすいという仄聞をよく耳にしたものである。

私にとって、ドイツ語の講義は楽しみの一つであった。北海学園大学のときも、慶應義塾大学の場合も、教材は事前にすべて読了してから授業に臨んだ。難解な部分に対する先生の注釈を聴講し、それが自分の解釈と一致したときは、声を上げたいような気持ちになったものである。早朝の通勤列車内で小さな声をあげてドイツ語の教材を、よく読んだ思い出が懐かしい。両大学において二人の先生から学んだドイツ語が、のちになって私の研究生活（北海道大学大学院）に結びつくことなど夢想だにもしていなかった。

夏期スクーリング（面接授業）は真夏におこなわれ、まさに短期決戦である。冷涼な北国（札幌）からの上京はその都度、熱帯地方に突然とびこんだような息苦しさを覚えた。通勤時の混雑を避け、できるだけ朝早く登校することを心がけた。日吉キャンパス内の静かな木蔭が復習の場であった。午後の講義が終わるや否や、クーラーの効いた図書館に飛び込んで閉館まで、その日の講義の内容を整理して復習した。スクーリングの征服はその日の講義の復習以外にない。つまり、ノート（講義内容）さえ整理しておけば、試験の突破はきわめて容易であった。しかし、試験期間中の睡眠時間は二、三時間であったように記憶している。後述するが、スクーリングの成績は八科目中「A」が七科目であった。

一九八七（昭和六二）年夏、最後のスクーリングの期間中（約二週間）、自衛隊十条駐屯地（東京都北区十条台）に宿泊させて戴いた。この場所は大戦前、第一造兵廠として銃砲弾、通信機器、火薬類などの兵器が生産されていた。さらに古くは日露戦争直後の一九〇五（明治三八）年一二月、この地に東京砲兵工廠銃砲製造所が開設され、その記念碑が現在、十条駐屯地の本館前に残されている。駐屯地内には、往時を偲ばせるレンガ造りの倉庫群や木立などが都内とは思えない静寂な佇まいを醸し出していた。日吉キャンパスからここへ戻ると、暑さも忘れてほっとしたことを憶えている。朝食、帰隊後の入浴、洗濯、自習室の延燈など駐屯地業務隊管理担当者の細かい配慮に心を打たれた。駐屯地における週末の夏祭りの賑わいも、今では懐かしい思い出の一つになっている。

慶應義塾大学通信教育課程はすでに述べた通り、入学時から最長一二年間の在籍を認めている。しかし、その間の年間登録料（一万円）の納入が必要である。大学の通信教育はほとんど無試験入学である。そして、卒業がとても難しい。通信教育こそ、本来あるべき大学教育の姿かも知れない。つまり、自主研鑽が原則であり、怠惰な勉学態度が、そのまま学生本人にはね返ってくるからである。従って、集中的な学習による短期決戦方式で卒業要件を満たすことが最も肝要である。一〇年余におよぶ間延びした在籍学習は、この種教育にはなじまないように思う。

卒業論文も含め二年半で単位取得

私の場合、すでに述べてきたとおり、一九八五（昭和六〇）年四月一日に通信教育課程に入学した、三九期生であった。同課程の修了必要条件は、「在籍期間二年半、通信授業六一単位取得、面接授業一五単位取得、卒業論文八単位取得」であった。この必要条件をクリアーするために、日常生活のルーティン（日課、routine）を、そのためにのみ振り向けた。参考までに、履修結果（取得単位《成績》）を以下に列挙しておく（次頁表）。

同期の正確な入学者数は明らかではないが、最新の統計資料から、その概数は約九〇〇名（文学部約四〇〇名、経済学部約三〇〇名、法学部約二〇〇名）と推定される。因みに、二〇一七（平成二九）年五月一日現在、通信教育部の在学生数は、約八三〇〇名である。

私は、入学当初から一九八七（昭和六二）年度の卒業を学習目標に設定した。そのためにはレポート、科目試験およびスクーリング（面接授業）試験のすべてを一回で突破することが必要件であり、断固として実行に移し、全力を傾注した。

それと並行して、卒業論文の作成に必要な資史料・文献の渉猟にも努めた。卒業論文は卒業要件で必修となっており、卒業論文指導に出席し、卒業論文を大学に提出しなければならない。卒業論文指導は、通学課程の研究会やゼミに相当するもので、研究テーマをすでに自分のものとして把握し、そのために十分な準備を進めていることが指導受の必要条件となる。論文指導は年二回、春期と秋期に三田キャンパスにおいて実施され、論文提出までに最低三回の出席が必要である。卒業の見通しがつくと、約一〇か月前に「卒業予定申告」の手続きをとり、卒業論文提出の最終段階に入る。私の指導教官は、わが国海洋法の泰斗・栗林忠

・通信授業（テキスト）
（必修科目）憲法4単位(B)、民法総論3単位(B)、刑法総論3単位(A)　合計10単位
（選択必修科目）債権総論2単位(C)、債権各論2単位(A)、親族法1単位(B)、海商法1単位(B)、刑法各論4単位(B)、労働法2単位(B)、英米法2単位(B)、国際法6単位(B)、政治学6単位(A)、日本政治史2単位(C)、中国政治史3単位(C)、日本外交史4単位(A)、西洋外交史4単位(A)、社会学4単位(C)、政治思想史2単位(C)、コミニケーション論2単位(A)、ドイツ語6単位(A)　合計53単位
・面接授業（スクーリング）
（任意）商法2単位(B)、民法2単位(A)、国際私法特殊1単位(A)、政治思想論2単位(A)、政治学2単位(A)、マスコミ論2単位(A)、法制史2単位(A)、ドイツ語2単位(A)　合計15単位
・卒業論文　８単位（A）
取得単位総計86単位、認定単位総計40単位
総合計126単位（卒業所要単位：124単位）

男先生（慶應義塾大学名誉教授）であった。

私の卒業論文のテーマは「国際法上における北方領土の帰属権」であった。余りにも漠然とした、抽象的なテーマであり、今思えば、汗顔の至りである。卒業論文のテーマを大上段に振りかぶってみても、間口が広すぎて切り口が定まらない。まして一般の通学生と異なり、地方の通信教育課程の学生にとって、大学図書館の有効利用がほとんど不可能に近い。このことは、通信教育課程における最大の弱点であり、論文作成上の致命傷でもある。

私の場合、札幌市内の公共図書館が主戦場になった。借りられるだけの文献を最大限、借用期限一杯に活用した。

すでに三〇数年も前のことであり、転居などで卒業論文の原稿を紛失したことは、誠に残念でならない。論文のおおまかな構想（骨子）は、次のとおりであった。

・帝政ロシアの領土獲得の野心。
・樺太および千島列島の歴史的変遷。
・第二次世界大戦末期のソ連軍の不法占拠。
・日本政府の対応と国内外世論。
・北方領土の帰趨。

貧弱な論文の内容から見ても、テーマは「北方領土をめぐる日ソの確執」とした方が適切であった。論文を作成する際に最も大切なことは、テーマの絞り方であり、間口をできるだけ小さく、狭くして問題関心および焦点を明確にすることであろう。卒業論文の量は三〇年も前のことであり、あやふやな記憶では一五〇枚（四〇〇字）位であった。論文は枚数ではなく、中身が大切であることに気が付くのが遅かったようである。

そして又、卒業論文としての体裁の一つである「註」の付け方も不十分であった。「註」があるから論文になり、それがないから論文ではないということはない。しかし、本文中の引用や文献の出所を明らかにする「出典の註」は最小限必要であろう。いずれにせよ、学術誌などに発表できる代物でなかったことだけは確かであった。

卒業論文審査では、主査・栗林忠男先生、副査・小林節先生（慶應義塾大学名誉教授）の総合面接試験を学生部長室で受け、両先生から激励の言葉を戴くことができた。それは卒業論文の中身よりも、今後の学問への関心と研鑽を示唆された教示であったように思う。

一九八七（昭和六二）年度慶應義塾大学卒業式が三月二三日（水）、午前一〇時から日吉記念館において盛大にとりおこなわれた。同年度卒業生五三四九名のうち、通信教育課程による卒業生は二一八名（一九八七年九月卒業の四九名を含む）であった。その中で、一九八五（昭和六〇）年度通信教育課程入学三九期生約九〇〇名（推定）のうち、卒業生は三名（文学部二名、法学部一名）で、法学部三九期生約二〇〇名（推定）のうち、卒業生は学士入学の私一人のみであった。

卒業式に列席のため、郷里から母（八三歳）をはじめ、妹三人、甥（次女の次男）までもが上京、市ヶ谷に宿をとった。卒業式当日、日吉キャンパスの上空は、朝から抜けるような紺碧であった。卒業生やその父兄たちで、大変な賑わいを見せていた。式後、母を取り囲みながら、みんなで卒業記念グッズ（品物、Goods）の販売店が立ち並ぶキャンパス内をのんびりと散策した。その折、人波の中で、私の指導教官・栗林忠男先生に遭遇し、母が先生に父兄として挨拶をしてくれた、そのときの母の笑顔がとても嬉しそうであった。昨日の出来事のように胸に熱くよみがえる。

弟二人の早稲田大学卒業式に続き、私の慶應義塾大学卒業式にも郷里から年老いた母を出席させることが叶い、母の長年の労苦にいささかでも報いることができたように思えた。

第４章

六〇歳で大学院へ挑戦

自衛官として三五年、事務官として七年の防衛庁勤務を終え、私が定年（六〇歳）を迎えたのは一九九二（平成四）年三月三一日、北海道札幌市においてであった。一八歳にして、警察とも軍隊とも分からない武装集団（警察予備隊）に身を投じてから、四二年間があっという間に過ぎ去った。定年退職など夢想だにもしていなかったが、僥倖というべきか、間違いなく現実のものとなった。しかし、それは失職を意味し、「定年後の人生を、いかに生きるか」という、重い課題を突きつけられた瞬間でもあった。

再就職（教育関係あるいは不動産業）か、進学（慶應義塾大学大学院）か、その二つにひとつの道を迷いあぐねながら、決断を逡巡していた矢先、北海道大学大学院の社会人受け入れを知った。挑戦してみることを決意し、夢にまで見た憧れの道が眼前に大きく開けたのである。北海道大学は、この浅学菲才の老生に「晩学の道」を与えてくれた。それは定年退職を目前に控えた、一九九一（平成三）年九月二〇日の、それは私の人生における最大、最高の幸せな出来事であった。

北海道大学の創設一五〇周年もさほど遠くない。伝統燦然たるエルムの学び舎に定年後の「晩学の道」を求め、研究者とは名ばかりの約二五年、今、その幕を下ろそうとしている。研究者生活の掉尾にあたり、『晩学のすすめ―学問と向き合った元自衛官の人生』と題して、この小冊の起筆を思い立ったのは、定年後の行くべき道を模索する後継諸賢の参考の一助になればとの切なる思いからにほかならない。従って、前三章を助走部分とし、この「第４章」に全力疾走を試みて、本稿記述の主要部分をおきたい。

1　北海道大学大学院修士課程へ入学

北海道大学の前身である札幌農学校が開設されたのは一八七六（明治九）年に遡る。東京大学が発足する一年前のことである。北海道大学は爾来一四〇年余り、今日の一二学部、一四大学院研究科、三研究所、三全国共同研究センター等からなる日本の代表的な総合大学に成長した。

社会人入試に合格

北海道大学大学院法学研究科は、一九九二（平成四）年四月から大学院修士課程に実社会での即戦力を養成する「専修コース」の新設を公表した。この大学院改革は、法学部内に二年前に発足したプロジェクトが、大学の魅力アップのために検討を進めてきた。このような大学院への社会人の受け入れは、国立大学では東京大学法学部に次いで全国で二番目となった。

この新設の制度は、従来の「研究者養成型」と異なる「実践型教育」を行い、社会人の入学を認めるのが特徴で、その概要は、次のようなものであった。

・在学期間　二年
・専攻コース　民事法専攻・高等応用法学、民事法専攻・国際関係Ⅰ、公法専攻・公共政策、公法専攻・国際関係Ⅱ
・入学定員　各コース六名
・入学資格　学部卒業者（学士）
・出願時に二年以上の社会経験を有する社会人（大学卒）

私はためらうことなく出願を決め、受験が許可された。社会人のための選考は筆記試験がなく、研究計画書等の提出、職場の推薦などが必要であった。私は研究関心として、北海道と極東ソ連との地域間交流の発展と、あわせて日ソ間に横たわる北方領土問題の解決可能性を研究計画書の中に提起した。そして、一九九一（平成三）年九月、北海道大学法学部の一室において入学選考試験（総合面接試験）が実施されたのである。

研究計画書のほかに、語学研修に関する参考資料の提出が出願時に認められていた。一九九〇（平成二）年八月、ソ連サハリン州（旧樺太）ユージノ・サハリンスク（旧豊原）市在住のコンスタンチン（愛称コースチャ）少年（三歳）が、やけど治療のために札幌医科大学附属病院に緊急入院（人道支援）し、全国的な同情と関心を呼んだ。その約三か月後、コースチャ少年の退院と入れ違いに、カムチャットカ州ペトロパウロフスク市から同じく大やけどを負ったセルゲイ（愛称セリョージャ）少年（六歳）が同大学附属病院皮膚科に入院してきた。当時、第一五回冬季ユニバーシアード札幌大会（一九九一《平成三》年三月、XV Winter Universiade）のボランティア通訳を引き受けていた私に急遽、北海道庁からセルゲイ少年の付き添い通訳を委嘱された。そこで、私は同少年に付き添っていた両親のために、『北海道新聞』に掲載されたセルゲイ少年の関連記事を毎日露訳して手渡すことにより、セルゲイ親子との意思の疎通を図った。それが、いつの間にか分厚い一冊の翻訳資料になった。それを整理して、研究計画書に語学研修の参考資料として添付した。

初秋の淡い陽光が射し込んだ面接会場には、北海道大学法学部の五人の先生方が部屋の中央に居並ぶ中、私は一人、身の竦《すく》む思いで入室した。一礼をしたあと、指示されて被告人席のような椅子に腰を落とした。一連の個人経歴、受験動機までは、比較的スムーズに受け答えができた。しかし、核心の研究計画書および語学研修資料に移るや否や、先生方から矢継ぎ早の鋭い質問が私に浴びせかけられた。汗だくの、しどろもどろの返答に終始し、不合格を予感せざるを得なかった。最後に、酒井哲哉先生（現東京大学教授）から勉学への心構えを求められ、晩学の希望を思いのままに答えた。約一時間にわたる面接試験が終了した。この酒井先生こそ、私の最初の指導教官その人であった。

一九九一（平成三）年九月、先に述べたコースチャ少年が札幌医科大学附属病院にリハビリ（機能快復訓練、Rehabilitation）のために二度目の入院をしていた。この時も北海道庁から付き添い通訳を依頼された。私は同月一九日夕刻、同病院を訪ね、皮膚科待合室にいた所、『北海道新聞』の記者（カメラマン同行）から突然、取材を申し込まれた。「何ごとか」と一瞬、驚いたが、やけど少年の付き添い通訳へのインタビューだろうと直感した。すると、記者から「おめでとうございます」という意外な祝福の言葉をかけられ、何の祝福かとわが耳を疑った。そして、はじめて北海道大学大学院社会人入試合格者への取材であることに気付いたのである。それは合格発表日前夜の出来事であった。「できる限り小さな記事にしてほしい」と記者に懇願したが、翌二〇日（金）の『北海道新聞』夕刊に「北大法学部修士専修コース社会人枠に七人合格」、「多彩な顔ぶれ一期生」という大見出し（写真つき）で大々的に報道された。

一九九一（平成三）年九月二〇日（金）午前九時、大学院の活性化と即戦力の人材養成を掲げて、北海道大学法学部が来春開設する修士課程専修コースの社会人枠の合格者名が同学部事務室前の掲示板に発表された。前夜の新聞社の取材から一晩早く合格を知っていたが、自分の目で掲示板の名前をしっかりと確認した。社会人第一期生合格者の内訳は、高度応用法学二名、国際関係Ⅰ一名、公共政策三名（うち一名女性）、国際関係Ⅱ一名（著者）の計七名で、その顔ぶれも大学助教授、一流商社マン、北海道庁、札幌市役所職員など多士済々で、最高齢者は定年退職自衛官という異質な五九歳の私であった。出身大学は北海道大学が大半で、早慶など関東の私学出身者で占められていた。

このようにして、来春三月末の防衛庁事務官定年退職後の進むべき途が眼前に大きく開けた。そのことがとても嬉しかった。そして、身の引き締まる思いであった。六〇歳にして初めて、本格的に学問と向き合える喜びが何よりも大きかった。合格発表日の夜、郷里の母（八六歳）へ大学院進学を電話で報告した。最初に受話器をとった妹（長女、近郷に在住）に前後の経緯を伝えたところ、初耳だったので驚嘆の声がはね返ってきた。大学院の受験は一切、誰にも洩らしていなかったので、母も電話口でびっくり仰天した。そして、「おめでとう」の言葉に続けて母は「最後までやり抜いてほしい」と、激励してくれた。数日後、母から送られてきた「小さな花束」を手に、母との約束を、きっと果たそうと胸深くに強く誓った。その時の思い出も、今でははるかに遠い。

苛酷な毎日だった一年目

防衛庁四二年の勤務を終えて息つく暇もなく、老生は一九九二（平成四）年春、憧れの北海道大学の門をくぐり、晩学の第一歩を踏み出した。母（三二歳）の手に引かれて、京都市朱雀第一尋常高等小学校に入学してから、すでに五四年の歳月が流れ去っていた。

大学院修士課程には上述した新設の「専修コース」（社会人）のほかに、大学院本来の「研究者養成コース」へ新進気鋭の研究者の卵（学部卒の学生）が進学してくる。それは主として、北海道大学法学部卒の青年学徒であった。しかし、大学院では「専修コース」も「研究者コース」も一切の区別はなく、年齢も性別も全く関係はなかった。つまり、同一のカリキュラム（教育計画）の中で教育がおこなわれ、学習が進められた。

二〇代前半の若い学卒者の中にリカレント社会人が混淆した年齢構成になり、私の場合、孫のような学生たちと机を並べるようなものであった。そのため、よく清掃員や警備員の「おじさん」と間違われ、学生や院生から唐突な質問を受けて戸惑うことが屡々であった。

研究室は八人部屋が割り当てられ、木製の仕切り机とその背後に金属性の本箱が設置されていた。その空間が夢にまで見た憧れの「学習の場」であった。しかし、その空間は決して甘いものではなかったし、学ぶことの喜びと苦しみが表裏一体で同居していた。

大学院では、修士一年目に最も苛酷な学習が待ち構えていた。つまり、二年間で三〇単位以上を取得し、修士論文審査をパスしなければならないという修了条件である。修士論文の作成には、二年間を通して指導教官の厳しい指導を受けながら、独自の構想を練って主題と枠組みを定め、指導教官に申し出て、その承認を得なければならない。その後、関連文献を渉猟し、史料を蒐集し、さらに関連する原書を翻訳して、とにかく書けるところから順次、書き溜めておく作業が求められる。どれをとりあげても、安易な姿勢で対処できるものは一つもなく、二年間で修士論文を書き上げることは、私にとって至難の仕事であった。

私は修士一年目、所要単位の取得に全力をあげ、二年目に修士論文作成のための余裕を編み出すことに腐心した。そのため、一年目は土・日もなく、雨の日も吹雪の日も連日、自転車のペダルを踏んで（片道約四キロ）、雪道ではよく転びながら、大学の研究室に足を運んだ。夏休みの集中講義も可能な限り受講して、単位の充足に努めた。特に、「国際法演習Ａ」（二単位）、「政治史特殊講義Ａ」（四単位）および「国際組織論特殊講義Ａ」（二単位）は、原書購読（英語）であったため、予習・復習に夜を徹することもしばしばであった。

外国語で書かれた教材（原書）を読むのは容易ではない。語学、特に英語読解力の必要性を痛いほど突きつけられた。大学院の授業は、ほとんどがゼミ（演習）形式でおこなわれる。従って、教材の内容を把握（理解）していなければ、発表・討論に参加できない。従って、辞書と首っ引きで教材の内容把握（翻訳）に努めた。同期の若い院生に教えを乞いながら、来る日もくる日も英語の原書と向き合う毎日が続いた。

その結果、「国際関係Ⅱ特別研究」（八単位、修士論文）を除く、下表のような必要単位（成績）を、修士一年目において履修することができた。

憲法特殊講義Ａ	２単位	（優）
憲法演習Ａ	２単位	（優）
国際法演習Ａ	２単位	（優）
法史学特殊講義Ａ	２単位	（優）
法史学特殊講義Ｂ	２単位	（優）
政治史特殊講義Ａ	４単位	（良／優）
政治史演習Ａ	２単位	（優）
国際組織論特殊講義Ａ	２単位	（優）
国際組織論特殊講義Ｂ	２単位	（優）
地域研究演習Ａ	２単位	（優）
特殊講義（ロシア史Ⅰ）	２単位	（優）
特殊講義（ロシア史Ⅱ）	２単位	（優）
合計　26単位（必要所要単位：30単位）		

苛烈きわまりない修士課程一年目の毎日であったが、楽しかった思い出も残っている。法学

部楡法会（学生サークル）主催の球技大会（ソフトボール、卓球）が毎年、開催された。院生チームが編成され、その主要メンバーの一員として、初秋の陽光を浴びながら汗を流した。また、北大法学部教官チームと小樽商大教官チームとの軟式野球交歓試合（毎年交互開催）が夏に実施され、院生もメンバーの不足を補って参加した。忘れられぬ思い出の一つである。試合後の交歓会では、珍プレー好プレーを振り返って話に花が咲いた。何よりも、小樽商科大学諸先生方との交流は、その後の院生生活における励みになった。

修士論文に集中した二年目

修士課程二年目は、修士論文の作成に全精力を傾注した。修士論文は「ロシア領事館の函館開設とその活動―一八五九年～一八六二年の『海事集録』を中心に―」をテーマに、ロシア帝国のみが一九世紀中葉、欧米諸国とは異なって、わが国の中央から遠く離れた函館に外交拠点を選択した理由の解明を試みた。

修士論文は、大学院受験に際して提出した研究計画書の問題関心と、その内容においてやや核心を逸れたきらいを否めないし、論文の構想を満足させるには至らなかった。しかし、日露関係史の枠組みの中で、一九世紀中葉における日露関係の歴史的原点にいささかでも接近し得たのではないかと思っている。

論文執筆に際して指導教官の指示をうけ、往時のロシア領事館の関連史跡を函館に訪ねた。領事一行が函館到着後、はじめて宿舎にあてられた寺院跡、最初に建てられた領事館と教会の跡地、港を望むロシア人墓地などを見てまわり、史跡を実視することの大切さを強く感じた。そして、論文の作成を加速させた。修士論文は、締切期限（一月末日）ぎりぎりに提出して受理された。同論文は翌年九月、『北大法学論集』（第四六巻第三号、一九九五年）に掲載され、公刊することができた。修士論文の骨子は、次のとおりである。

1　ロシア領事館の開設
（1）領事の任命と政府訓令（2）領事および領事館員の着任（3）箱館奉行所の対応
2　ロシア領事館の活動
（1）最初の年末年始（2）地理（地域の特性）（3）行政と治安（4）軍備
3　ロシアの野心
（1）ロシア外交の狡猾性（2）箱館進出の意図（3）北海道侵略の野望

論文作成の基本文献となった『海事集録』（一八四八《嘉永元》年創刊のロシア海軍省機関誌）は、北海道大学附属図書館北方資料室に所蔵されており、その中から論文のテーマに関連する部分を抜粋・翻訳して利用した。

北海道総合研究調査会特別研究員としてロシア関係業務も行う

修士二年目に入った四月のある日の午後、私は法学部の廊下で、スラブ研究センターの伊東孝之先生（北海道大学名誉教授）に突然呼び止められた。そして一度、北海道庁に隣接した社団法人「北海道総合研究調査会」（通称「ＨＩＴ」、Hokkaido Intellect Tank、以下、「ＨＩＴ」と略す）というシンクタンク（専門的研究調査機関、Think tank）を訪ねるように求められた。

修士一年目に同先生の特殊講義「ロシア史I」（二単位）を受講したことから、同先生は、私の経歴を承知しておられたのかも知れない。先生は「大学院の殻を破って、学外に視野を広めることも大切な勉強です」と言われた。翌日に早速、そのシンクタンクを訪ね、そこで、はじめて徳本英雄専務理事（故人）と出会い、その後、永きにわたる親身の指導に加えて、物心両面の知遇を得た。そして又、私の弟への生体腎移植に際しては、権威ある医師の助言を提供して戴いた。このようにして、「HIT」の特別研究員に採用された私は、二足の草鞋をはくことになった。冒頭においても述べたが、求めて進む道の行く手には、幾重にも思いがけない新たな道に出くわすことを痛感した。

「HIT」における最初の仕事は、ソ連崩壊後のロシア極東地域における社会・経済・軍事情報の「データベース」（資料の体系的整理、Data base）化であった。この作業は、自衛隊北部方面総監部第二部勤務時代に長期間にわたって従事した極東ソ連局地ラジオ放送の受信・翻訳業務の延長線上にあった。当初、短波ラジオ放送を直接受信して資料整理をしていたが、やがてインターネット（世界的規模の放送・通信網、Internet）を活用した紙媒体の処理（翻訳）が主体になった。そして、ユーザー（北海道放送、JR東日本、防衛庁《海上自衛隊》、成蹊大学等）の要求・需要に対象を絞り込むことが求められた。

それらの中で、海上自衛隊大湊地方総監部（青森県むつ市）へ提供したサマリーレポート「ロシア極東の最近の軍事情勢」は大変な作業で、強く印象に残っている。旧日本海軍は、対外情報収集の重点をアメリカに指向し、ソ連情報は第二義的に取り扱われていた。従って、ソ連情報資料の収集は主として、在外公使館付武官および大湊要港部（警備府）によっておこなわれていた経緯がある。同地方総監部が私の作成したサマリーレポートを長期にわたって購読してくれたのは、そのような歴史的ないきさつによる一面もあったと思う。

このサマリーレポートは、ロシア極東地方の日々のラジオ放送（ラジオ「ロシア」、太平洋放送、「サハリン」ニュース）やテレビ放送（「ロシア」テレビ、独立テレビ、社会テレビ）などを資料源とし、公刊資料（ロシア連邦国防省中央機関紙『赤星』、『ロシア新聞』、新聞『今日』など）からも一部抜粋して、三か月間における軍事情勢を極東軍管区（ハバロフスク）、太平洋艦隊（ウラジオ）、国境軍三コ地域管理局（ウラジオ、ハバロフスク、マガダン）に区分して整理したものであった。

これらの作業の中で、特別に印象に残る作業は、「パシコ事件」であった。この事件は、ロシア太平洋艦隊が一九九三（平成五）年、日本海に退役原潜の液体放射性廃棄物を投棄していたのが発覚したことに端を発する。

ロシア連邦は、冷戦時代に約二五〇隻の原子力潜水艦を建造した。その大半は退役したが、冷戦終結から一五年以上たった二〇〇五（平成一七）年現在も、八〇隻以上が未解体のまま放置されていた。放射線が漏れ出して周囲に汚染が広がる危険性をはらみ、その後始末に米国、欧州、そして日本もロシアに対する支援を余儀なくされたのである（『朝日新聞』二〇〇五《平成一七》年一月一三日付）。

「パシコ」とは、ロシア太平洋艦隊の機関紙『戦闘当直』の記者であったグレゴリー・パシコ元海軍中佐（以下、パシコ）のことである。同中佐は一九九七（平成九）年一一月、日本の報道機関に対して軍事機密（原潜の使用済核燃料や艦隊に関する情報）を漏らしたとして、治安機関「連邦保安局」に逮捕された。長期間におよぶ勾留の後、ようやく一九九九年七月、ロシア太平洋艦隊軍事法廷は、職権乱用罪（検察側が求めていた国家反逆罪は退けた）で、禁固三年を言い渡した（『ジュリスト』一一九三号、二〇〇一年二月一日付）。

パシコは二〇〇三年一月、仮出獄を認められた。しかし、恩赦（罪の容認）を拒絶し、「法律を無視して、環境保護専門家や記者らを次々と裁判にかける『連邦保安局』は大改革が必要だ」とロシア官憲との対決姿勢を捨てなかった（『北海道新聞』二〇〇三《平成一五》年二月一七日付）。

私は二〇〇三年四月、「ロシア極東における最近の軍事情勢」（サマリーレポート第四〇号）の

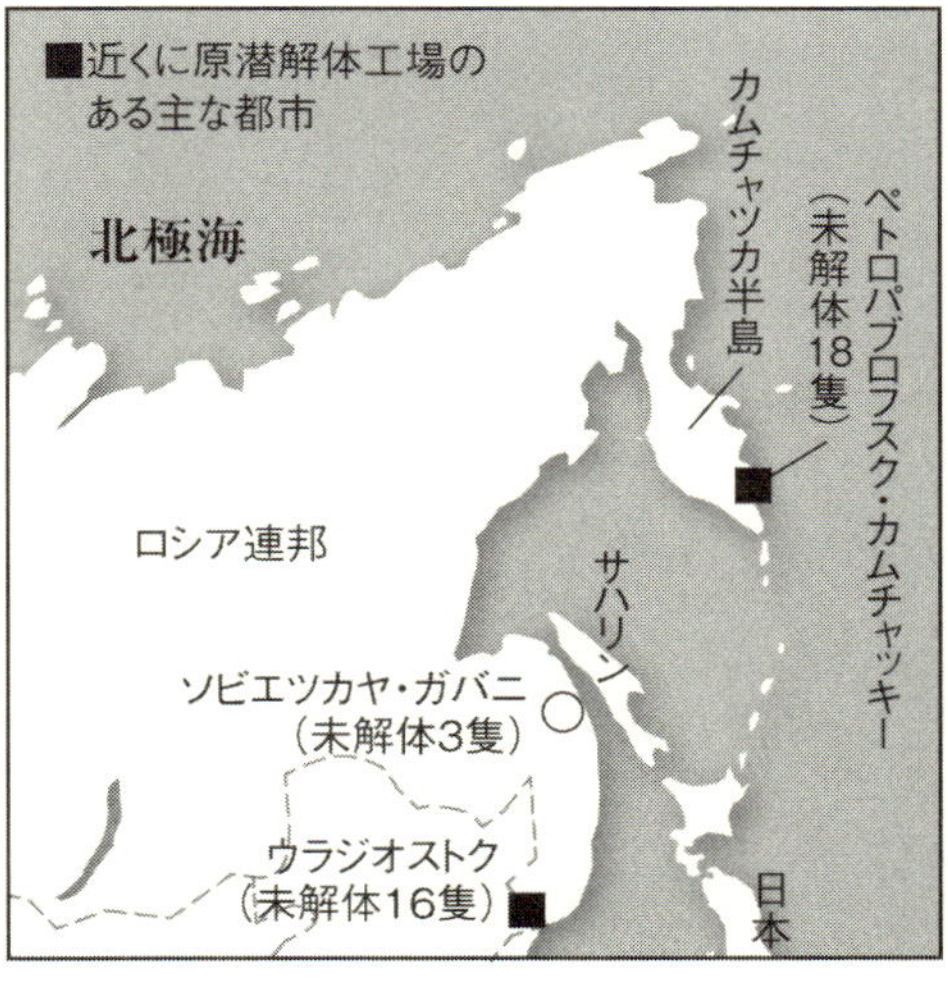

ロシア太平洋艦隊の退役原子力潜水艦の現状（2005年現在）
退役原潜76隻、解体済み39隻、未解体37隻
『朝日新聞』（2005年1月13日付）から作成

中で、この「パシコ事件」をとりあげて解説した。パシコの逮捕、勾留、裁判など約六年間の経緯は概ね、次のとおりであった。

一九九七（平成九）年一一月二〇日

日本の報道機関（「朝日新聞社」）に対して軍事機密（原潜の使用済核燃料や艦隊に関する情報）を漏らしたとして、治安機関（連邦保安局）に逮捕され、その後、長期勾留に及ぶ。

一九九九年七月二〇日

太平洋艦隊軍事法廷は、職権乱用罪（検察側が求めていた国家反逆罪を退ける）を適用して、禁固三年を言い渡した。パシコの勾留機関が二〇か月にも及び、刑期の三分の一を超えていたことから、同記者は即日釈放された。しかし、軍検察、弁護側双方とも判決を不服として上告した。

二〇〇〇（平成一二）年一一月二一日

ロシア連邦最高裁軍事法廷は、一審判決を破棄し、新たな裁判官による審理やり直しを太平洋艦隊軍事法廷に命じた。

二〇〇一年一二月二五日

太平洋艦隊軍事法廷は、次のような判決を下した。

有罪（ロシア連邦刑法第二七五条「国家反逆罪」）、自由剥奪四年（財産没収なし）、階級剥奪、訴訟費用一万八〇〇〇ルーブル徴収

この結果、パシコは矯正労働収容所へ送られることになる。

二〇〇二年二月四日
パシコ弁護団はパシコの保釈について、次のように声明した。
・太平洋艦隊軍事法廷は二〇〇一年一二月二五日、パシコに対し、自由剥奪四年（矯正労働収容所送り）の判決を下した。
・判決の直後、弁護団と同記者は直ちにロシア連邦軍事会議に異議を申し立てた。その中で同記者に対する強制措置の変更が強く訴えられた。
・パシコに対する強制措置の必要性はみとめられないし、有罪は不当である。
・弁護団の主張は、多くの社会組織および知識階級に支持されている。
二〇〇二年二月一三日
ロシア連邦最高裁判所は、ロシア軍人と外国人との抵触禁止に関する連邦国防省令を無効と認定した。また、連邦最高裁軍事会議は同年二月一三日、一九九〇年に施行された国家機密に関する連邦国防省令を無効とした。パシコのパブロフ弁護人は、次のように述べた。
・連邦最高裁の決定に基づき、国防省の職権乱用が認定された。
・近日中に、パシコの判決無効を求めて上告（再審）される。
二〇〇二年六月四日
パシコ弁護団は再審について、次のように声明した。
・パシコ裁判の判決から六か月、パシコ拘束から二年四か月が経過した。裁判所は刑期ぎりぎりまで判断を先送りして、パシコを釈放する心算である。
・判決の唯一の根拠は、パシコによる「朝日新聞社」への情報提供である。
二〇〇二年九月一八日
パシコは、ウラジオからウスリースク刑務所へ移された。残余の刑期一年半は、同刑務所で消化される（ウラジオで二年半服役）。パシコ弁護団は引き続き、パシコの無罪を主張していく。
二〇〇二年一二月一一日
パシコは、法擁護団体「国境を越えたレポーター」から賞金を受領した。この賞金は毎年、自由と正義のために活動したジャーナリストに贈られている。国際人権擁護団体は一二月一一日、パシコの即時釈放を訴えた。法擁護団体「国境を越えたレポーター」の資料によれば、全世界において現在、ジャーナリスト一一〇名が獄中に繋がれている。
二〇〇三年一月九日
パシコ弁護団によれば、ウスリースク市裁判所は現在、パシコの保釈を検討している。
パシコはすでに二年半服役し、刑期の六五％（自由剥奪刑四年）を消化している。
二〇〇三年一月二三日
パシコ弁護団によれば、ウスリースク第四一刑務所は、パシコ（対日スパイ容疑）を仮釈放した。パシコは無罪を主張して連邦最高裁に再審を要求する。その主張はヨーロッパ人権裁判所にも提出される。

二〇〇三年一月二四日

パシコは、ウラジオにおいて記者会見し、次のように述べた。

・私は、刑務所において人文科学大学法学部（通信教育）の講義を学び、近くスクーリングのため、モスクワへ出発する。

・二〇〇二年以降、雑誌『環境と権利』の編集長も務めている。

・将来の住所は、モスクワかサンクトペテルブルクになる。妻は現在、ドイツに滞在しているが、近く帰国する。

以上のように、パシコは逮捕から五年有余に及ぶ拘束期間を経て、ようやく仮出獄が認められた。太平洋艦隊の退役原潜からでる液体放射性廃棄物の海洋投棄（一九九三年以降）に関する資料を日本の報道機関（「朝日新聞社」）に提供したことが「国家反逆（スパイ）罪」になった訳である。パシコは上司の助言（「処理予算獲得のため事実を公表すべき」）もあって、海洋投棄の実態を鋭く追究したものであった。プーチン政権下では、旧「ＫＧＢ」（国家保安委員会）の人脈が隠然たる力を有している。プーチン自身が旧「ＫＧＢ」の出身なのである。

わが国は二〇〇一年度、原潜解体過程において発生する液体放射能廃棄物の処理施設「スズラン」をウラジオに建設した。しかし、ロシア側の軍事データ開示拒否などで実際の原潜解体に着手できないまま凍結状態にあった。

ロシア自身が建造した老朽原潜を、わが日本国民の莫大な血税（約二〇〇億円）を使って処理するという構図は余りにも腹立たしいものがある。「パシコ事件」の一連の流れを考察するとき、ロシアという白人大国は、ロマノフ帝政ロシアからスターリン強権ソ連を通じて、今もなお、何一つ変わっていない。それは夜郎自大的なうぬぼれから脱却し得ない、全く無責任な後進国家と断じざるを得ない。

本事件に対するロシア政府の言い分は「冷戦時の軍拡競争には多くの国が参加したのだから、みんなが後始末にかかわるべきだ」という独特の論理を主張してはばからない。近著『極東の隣人ロシアの本質』(芙蓉書房出版、二〇一七年)の中でも指摘したが、ロシアという国、ロシア民族の本性は、どこまでもあきれ果てたものである。

故徳本理事長のお供をして、昔日の日本海軍大湊要港部(警備府)の面影を数多く残す大湊地方総監部を訪ねた日のことが懐かしい。なお、このサマリーレポートについて、元海上幕僚監部調査部の旧友から度々、高い評価と激励をもらって勇気づけられた。

そのほか、北海道庁推進の「北海道ロシアビジネス法律データベース」の作成に従事した。これはロシアビジネスへの参入、展開を意図する道内・国内企業にとって業務上、必要最小限の貴重な手引きになっており、また国内のロシア法研究者にとっても、恰好の参考資料として活用されている。このように集約されたロシア法制資料は当時、国内のどこにも見当たらなかった。

ロシア連邦が共産主義国家から民主主義国家への道に足を踏み入れてから当時、まだ一〇年ほどしか経っていなかった。ゴルバチョフによる法治国家への提起は、ロシア連邦における憲法や民法をはじめとする実定法体系の改編とともに、「法とは何か」という根本的な問題レベルを含めた法理論の再構築を求めるものであった。しかし、ロシアでは依然として、法治国家、権力分立の原則が確立されていない。例えば、「大統領令」がロシア国民の間で、単なる法律よりも上位にあるものとして理解され、金科玉条的な「皇帝勅令」にだぶらせていた。この不明確な法律概念が、ロシア連邦における法制度の特質の一つでもあった。

今一つは、権力による命令系統としての法の発達、つまり、一般市民が自主的に制定し、それに拘束される市民社会の内的秩序を定める法（民法、商法など）および、その上に成立する自由と権利の思想は、ロシアにおいては発展してこなかった。そして、これらの特質を引きずりながら、ロシア連邦の法体系の整備は、遅々として進んでいない。

不明確な法環境を背景に、ロシアでは各種の事業展開を伴う市場経済化の推進、とりわけサハリン（旧樺太）の石油開発事業は、道内産業の振興・発展の一要因にもなっている。しかし、外国企業、外国投資を受け入れるためのロシアの法制は複雑多岐、かつ不明確な部分が非常に多く、常に実務者レベルでの混乱がみられるようである。それらを克服する唯一の手段は、ロシアにおける対象法制の徹底した、継続的な調査・研究と情報収集以外に考えられない。

この作業において翻訳、主として校正に従事した主要な対象は、民法典、労働法典、税法典、関税法典、外資法、国家登記法、有限会社法、株式会社法、ファイナンスリース法、外国人法、会計法、通貨規制法、国家入札法、事業許可法、国籍法などのロシアの法律であった。

次に、ロシアの法律へのアクセスについて以下、簡単に触れておきたい。

ロシア連邦法令の種類は憲法、憲法的法律、法律、大統領令、政府決定、その他の法令（各省、国家委員会などの規定）、連邦構成主体の法令などである。それらの中の法律（修正、追加を含む）にアクセスする場合の視点は、次の三点である。

・対象法令がいつ、どの機関により、いかなる形式で出されたか。
・対象法令の所在は。
・対象法令が実際に適用されているか、どうか。

以下に、ロシア連邦法令の公布媒体（紙媒体）の一部を示す。

・連邦法令：ロシア連邦人民代議員大会・最高会議報

・政府決定：ロシア連邦政府決定集、ロシア連邦大統領・政府アクト集、ロシア連邦法令集

・国際条約：国際条約集
・その他　：ロシア連邦議会報、規範的アクト報、ロシア連邦省庁規範的アクト報、『ロシア新聞』

以上の資料は、北海道大学スラブ研究センターに所蔵されている。このほか、インターネットの法情報専門サイト（「経済と生活」、「ガラント（保証人）」、「コーデクス（法典）」など）が、法情報の電子媒体として利用されている。

後進性を色濃く反映するロシアの法制に向き合うことは忍耐、根気そして旺盛な意欲が強く求められる。言うまでもなく、法律は動態資料であり、その修正、追加に目を逸らすわけには

いかない。従って、「北海道ロシアビジネス法律データベース」も、常に更新作業が必要である。今後、これらの資料が「レイムダック」(不用品、lame duck) にならないように願って止まない。

「ＨＩＴ」では、大学院における研究の優先が認められ、特別研究員として数々の便宜を図って戴いた。従って、早朝六時ごろから午前中は大学の研究室、午後は「ＨＩＴ」の机に向かうという毎日に加え、土・日の週末は研究室へ通い続けた。一年目に比べて、やや余裕のできた修士二年目も又、一年目に輪をかけたような厳しい試練と多忙の連続であった。

修士二年目の多忙な毎日の間隙を縫って、北海道庁からの依頼による北方四島ビザなし訪問団、カムチャットカ州漁業視察団、サケ・マス漁業監視団などの同行通訳を引き受けた。そのような中、一九九三(平成五)年六月二六日(土)、午後一時から一九九三年度朝日スピーチコンテスト「第三〇回ロシア語弁論コンクール」(主催：朝日新聞、後援：日本航空、ロシア大使館など)が、東京・浜離宮朝日小ホールにおいて開催された。事前のスピーチ原稿審査に合格した出場者は、東京外国語大学三名、上智大学一名、創価大学三名、関東国際高等学校一名、社会人二名と私の一一名であった。

私は、同コンクールにおいて「思いがけない出会い」(Sluchainaya vstrecha) と題して、先に触れたカムチャットカからやけど治療のため、札幌医科大学附属病院に入院したセルゲイ(愛称セリョージャ)少年との出会い、そして、病室におけるセリョージャとの交歓の模様を第四番目に発表した。発表後、東京ロシア語学院女性講師、ロシア連邦大使館員からの演題に関する質問攻めに合った。「大学院を修了したら、何をしたいか」の最初の質問に、「少し休みたい」と答えて、会場が沸くシーンがあった。審査員席には上智、早稲田、東京、東京外国語各大学の錚々たる先生方が居並び、一一名全員のスピーチ終了後、審査結果が発表された。その結果、私は第五位に入賞した。郷里から上京し、会場にかけつけてくれた母（八七歳）の拍手が何よりも嬉しかった。そして、入賞トロフィーと賞状を母の手に預けた。

郷里・三重の妹（長女）が後日、「母への贈り物」と題して、『毎日新聞』に投稿したコラム「女の気持ち」（一九九三《平成五》年七月七日付け朝刊掲載）を、以下に書き添えておきたい。

「年に一度、埼玉に住む妹との再会を楽しみにしている母も、年々年を重ねると足が遠のいてしまう。新幹線から見る外の景色、車中でのお弁当、楽しい語らいなどなど大好きな母である。近ごろ腰痛に悩まされ、やっと小康状態になったそんな折、札幌の兄から電話で『母を連れて上京してほしい』とのこと。ロシア語弁論コンクールに出場が決まったというのである。

飛び上がらんばかりの歓声の中、私たち五人の弟妹は応援に行くことに決め、おぶってでも母も一緒にと思い策を練った結果、弟の車で行くことになった。途中、何度も休みながら東京に着いたのは、まだ明るい夕暮れ時だった。

翌日、若い大学生に交じって最年長であろう兄のスピーチを食い入るように聞いた。テーマは日ソ交流を実生活で経験したものだった。私たちには意味が分からないが、熱い声援を思いっきり送った。そして兄は、入賞という二重の喜びを年老いた母へプレゼントした。血のにじむような努力が今回の快挙につながったのだと思う。小さくなった母をいたわるように歩く兄。『お母ちゃん、長生きしてよかったね』……」

（三重県菰野町　主婦　川北圭子　五九歳）

一九九三（平成五）年四月から在勤した「ＨＩＴ」特別研究員は、二〇〇二（平成一四）年三月末、七〇歳を機にその職を辞した。その間、一〇年近くにわたり、学舎においてはとても得がたい貴重な経験と知見を吸収することができた。その後も折々に、「ＨＩＴ」からの翻訳・校正作業に携わった。そして何よりも、同調査会の故徳本英雄理事長からは、後述する博士論文の糸口になる貴重な示唆と力強い激励を頂戴した。また、「防衛庁における長年の情報勤務の体験を今に問うべきであろう」という執筆の期待を寄せられ、出版助成も約束された。その期待に沿うことはできなかったが二〇一二年九月、芙蓉書房出版から『情報戦争の教訓―自衛隊情報幹部の回想―』と題する小冊の上梓が叶った。改めて、同理事長のご冥福を衷心より祈り、その小冊をご霊前に捧げたい。

一九九四（平成六）年三月二五日、学位授与式が北海道大学体育館において挙行され、私は修士（法学）の学位を授与された。大学院進学からの二年間、一日の休みもなく、これ以上ない苛酷な勉学によく耐えることができたものだと、その時、一人しみじみと感じた。手にした「学位記」は、直ちに郷里の母へ速達便で郵送した。早速、母からの労いのことばを受けて、二年間の頑張りが一瞬、むくわれたような思いであった。

2　北海道大学大学院博士課程へ進む

大学院修士課程の修了を目前にして、その後の進路が不確かであった。上述したシンクタンク「ＨＩＴ」の特別研究員に専従するか、大学院に残るか、その二つにひとつの選択に逡巡していた。後者の選択は「博士課程」への進学を意味し、予想もつかない険しい学問への道であった。

定年退職後、大学院修士課程における学習の二年間は無我夢中のうちに、あっという間に過ぎ去った。もう少し腰を落ち着けて学びたいという願望が「博士課程」への挑戦を後押しし、この道こそが晩学を志した唯一の選択であることを信じ、「博士課程」の入学試験に挑むことを決意したのである。

大学院進学時、私の最初の指導教官は、先述した酒井哲哉先生（現東京大学教授）であった。修士一年目の「政治史演習Ａ」を担当され、私も勿論、そのゼミを受講した。ゼミにおける先生の指導は厳格をきわめたが、さらに修士論文の作成指導では、初回の指導から一切の曖昧さ、漠然性に妥協のない痛烈な批判が浴びせかけられた。先生からの呼び出しを受け、研究室のドアをノックする時は足が震えたものである。しかし、その中から、論文執筆にあたり、テーマの絞り方、関連文献の所在、史料の発掘と存否の確認作業など、基本的な論文作成の切り口を見出すことができたのである。やがて、酒井先生はハーバード大学（米国）に留学され、そのあとを受けて、中村研一教授（北海道大学名誉教授）が私の指導教官を引き受けて下さった。それは、終世の師と仰ぐ先生との出会いであった。

研究者として自立のため博士課程へ

先生は、私の「博士課程」への進学希望に対し、「決心したのなら、一つ頑張ってみるか」と短く呟かれ、同課程への受験機会を与えて戴いたのである。一九九四（平成六）年二月に実施された「博士課程」入学試験は外国語二か国語（筆記試験）、さらに修士論文に関する口頭試問および進学後の研究計画などについて総合面接試験がおこなわれた。中でも二つの外国語筆記試験は最大の難関で、試験場への辞書持ち込みが許可された。私は第一外国語にロシア語、第二外国語に英語を選択して受験した。第一外国語のロシア語問題（新聞の論説）についてはほぼ、完璧に解答し得たが、後者の難解な英文解釈（ヨーロッパの宗教問題）には悪戦苦闘、文意も理解できないまま、最悪の結果に終わった。

総合面接試験では、わが国日露関係史の泰斗・秋月俊幸先生（北海道大学文学部）と指導教官・中村研一先生が試験官であった。秋月先生からは主として、修士論文の内容および日露関係史全般に関する質問がなされた。指導教官からは「博士課程」における学習の心構えについて問いただされた。一時間余りの面接試験が無事、終了して、合否の結果を待つばかりになった。

以上のような経緯から、「博士課程」への進学をほとんど諦めかけていただけに後日、法学部の掲示板で合格を知ったときの嬉しさは、言葉にできないほどの、望外の喜びであった。

その夜、郷里の母（八八歳）へ「博士課程」合格の喜びの電話をいれた。「これからの勉強が本番です」―そのように自分の決意を伝えると、母は「お前の卒業まで、一人で頑張るからね」と、電話の向こうで励ましてくれた。「母との約束をきっと守る」―それがその夜、私が自らに課した必死の覚悟であった。

博士論文の概要

大学院の「博士課程」は、専攻分野について研究者として自立した研究活動をおこない、または、その他の高度な業務に従事するために必要な研究能力およびその基礎となる豊かな学識を養うことを目的にしている。修士の学位を授与された者が入学者選考試験を経て、合格した者が入学できる。標準的な修業年限は三年（在籍可能年数六年）である。修了必要条件は規定の単位を取得し、研究指導を受けて博士論文を完成させ、その論文審査と総合面接試験に合格することである。

標準的な修業年限は定められているが通常、その年限内に博士論文を作成することは、きわめて難しい。従って、それ以上の年限、在学する者も珍しくなく、また在学中に就職（大学、研究機関等）する場合も多いのが「博士課程」の特徴である。色々な事情から、「博士課程」を中途退学した者は、単位取得退学（満期退学）と呼ばれる。大学院研究科の所定の課程を修了（博士論文提出・合格）した者には「課程博士」、中途退学者がその後、大学に学位論文を提出し、審査および試験等に合格した場合に「論文博士」の称号がそれぞれ贈られる。

一九九四（平成六）年四月、私は北海道大学大学院法学研究科公法専攻博士課程へ最高齢（六二歳）で進学した。「博士課程」はすでに述べたとおり、実社会での即戦力を養成する「修士専修コース」とは異なり、研究者養成のための専門課程である。従って、それは、私にはやや筋違いの、「専修コース」から研究者を目指す異例の方向転換でもあった。私のほかに、「専修コース」から「博士課程」への進学者は三名ほどであった。

大学院博士課程一年目は本来、「花のＤ１（ドクター一年目の意）」と謳われ、苛酷な修士課程を通過した安堵感と今後の希望に燃えた、華やかな新しいスタートであった。しかし、私にとって博士論文の執筆作業は、あたかも眼前に切り立った氷壁に素手で挑戦するにも等しい難事であった。研究課題の日露関係史に漠然とした切り口さえも見出せなかったからである。私は暗中模索を続けながら、日露戦争開戦前におけるわが国参謀本部の対ロシア情報活動に関心をいだき、論文構想を徐々に固めていった。通常、修士論文の延長線上に博士論文の構想を重ねるのが一般的であり、その方が修士課程からの一貫した研究作業の流れに乗りやすい。しかし、私の場合、修士論文の内容と無関係ではないものの軍事史の色濃い論文構想に方向を切り替えた訳である。そこに至るまでに指導教官をはじめ、政治学講座、スラブ研究センター、文学部の諸先生方から戴いた指導の数々は枚挙に遑《いとま》がない。

博士論文の構想（骨子）は、次のとおりであった。

はじめに（研究課題、基本史料、研究論著）

第1章　日本陸軍と日英軍事協商

第1節　日英軍事協商の成立契機／第2節　日本陸海軍の基本的交渉方針／第3節　日英軍事協商の成立

第2章　日本陸軍の対露情報活動

第1節　参謀本部／第2節　情報収集組織／第3節　情報収集

第3章　開戦前の対露情況判断

第1節　参謀本部の対露情報資料／第2節　参謀本部の対露情報見積り

補　章　開戦前のロシア陸軍

1　部隊組成／2　部隊運用／3　部隊充足

終　章　情報活動の日露比較―むすびにかえて―

第1節　観戦武官団／第2節　ロシア陸軍省の情報活動／第3節　クロパトキン将軍

上記論文の記述対象は「補章」および「終章」を除き、主に日本の参謀本部にかかわる内容である。陸海軍中枢部は第二次大戦の終戦時、秘密文書が連合軍の手に渡るのを避けるため隷下各機関、部隊に対し、その焼却を指示した。そのため陸海軍両省、参謀本部、軍令部および侍従武官府が保管していた機密文書は上奏文書も含めて、ほとんどが散逸、消滅した。しかし戦災、焼却および連合軍の押収を免れた参謀本部等の貴重な重要資料が現在、防衛研究所（以下、「防研」）および外交史料館（以下、「外史」）などに保管所蔵されている。論文執筆のために利用した基本的史料は、主として「防研」および「外史」所蔵の原本史料に依拠した。

論文構想を固めながら、本学および国内外大学図書館における関連文献の渉猟に努めると共に、防衛研究所戦史部および外交史料館へ度々、足を運んで、未公開史料の発掘、蒐集に血眼をあげた。史（資）料がなければ、一歩も前に進むことができない作業である。そのような中、防衛研究所戦史部における史料蒐集では、防衛庁ＯＢということもあって、幸いにも色々な便宜と協力を仰ぐことができ、論文執筆の大きな励みになった。特に、同戦史部元主任研究官・原剛先生には、軍事史関係史料の渉猟方法、論文執筆のための基本的指針など細やかな指導に加えて研究者としての最も大切な心構えについて温かい示教を度々、頂戴することができた。そして、諸史料に基づき、書ける所から逐次、書き溜めていくという作業を加速させたのである。

他方、「ＨＩＴ」特別研究員としての活動にも、次のように積極的に参加した。

第二回ロシア・フォーラム「ボーダレス時代、アジア・太平洋とロシア」

・日時：一九九五（平成七）年一月一三日

・場所：日本プレスセンター（東京都千代田区内幸町）

・共催：北海道スラブ研究センター、北海道新聞社、北海道放送（ＨＢＣ）

・発表：「ロシア極東をウオッチする」

（『北海道新聞』一九九五《平成七》年一月一七日付け朝刊掲載）

北東アジア研究会
・日時：一九九六（平成八）年三月二九日
・場所：成蹊大学アジア太平洋研究センター（CAPS）
・発表：「ロシア極東の軍事事情」（「CAPS Newsletter」No.5、一九九六年四月掲載）

第三回ロシア・フォーラム「ロシア極東の二一世紀―経済と安全保障の側面―」
・日時：一九九七（平成九）年二月三日
・場所：日本プレスセンター（東京都千代田区内幸町）
・共催：北海道スラブ研究センター、北海道新聞社、北海道放送（HBC）
・発表：「ロシア極東における軍の現状、軍人の生活」

（『北海道新聞』一九九七《平成九》年二月四日付け朝刊掲載）

なお、第三回ロシア・フォーラムでは同じパネリスト（問題提起者、panelist）として、ハーバード大学客員教授や自衛隊元北部方面総監と隣り合わせに着席したことが印象的であった。

博士論文提出、博士号被授与

博士論文の完成を目指していた一九九九（平成一一）年四月中旬、生まれて初めて、突然の激しい眩暈《めまい》に襲われ、研究室で卒倒した。大学院進学以来の無理の蓄積が眩暈の原因かと思われた。病院で点滴を受け、幸いにも、二、三日の静養で事なきを得て、再び戦列に復帰した。

先生はよく朝早く、私の研究室に入ってこられ、「昨夜、入浴中に閃いたが、あの箇所は、こういうことではないのか」、「このように表現を書き換えたほうがいい」、「諸外国観戦武官の見解はどうか」など、きわめて具体的、懇切な指導を頂くことが屡々であった。そして、先生は「文章というものは、練れば練るほどよくなるものだ」と口癖のように諭された。この金言は今も、私の中に息づいている。

そして、指導教官・中村研一先生の、老生に対する慈愛溢れる指導と終始変わらぬ励ましの言葉に全面的に支えられて、遂に博士論文「情報戦争としての日露戦争―参謀本部における対ロシア戦略の決定体制一九〇二～一九〇四年―」を脱稿し、大学へ提出（学位申請）する運びに至った。春の息吹を強く感じる一九九九（平成一一）年五月のことであった。

私の学位申請論文（四〇〇字六〇〇枚）は、一九九九（平成一一）年七月一五日午後に実施された研究科委員会（教授会）において投票の結果、全会一致で承認された。

博士論文は公刊することが義務づけられている。私は二〇〇〇（平成一二）年三月から同年一一月にかけ、博士論文「情報戦争としての日露戦争―参謀本部における対ロシア戦略の決定体制一九〇二～一九〇四年―」を『北大法学論集』に投稿し、五回（第五〇巻第六号～第五一巻第四号）に分けて掲載、公表された。

一九九九（平成一一）年九月三〇日（木）、午前一〇時から北海道大学学術交流会館第一会議室において北海道大学大学院研究科の学位記授与式が挙行された。博士学位を授与された者は、課程博士（研究科所定の課程修了者）二七名、論文博士（論文審査、試験等の合格者）三四名であ

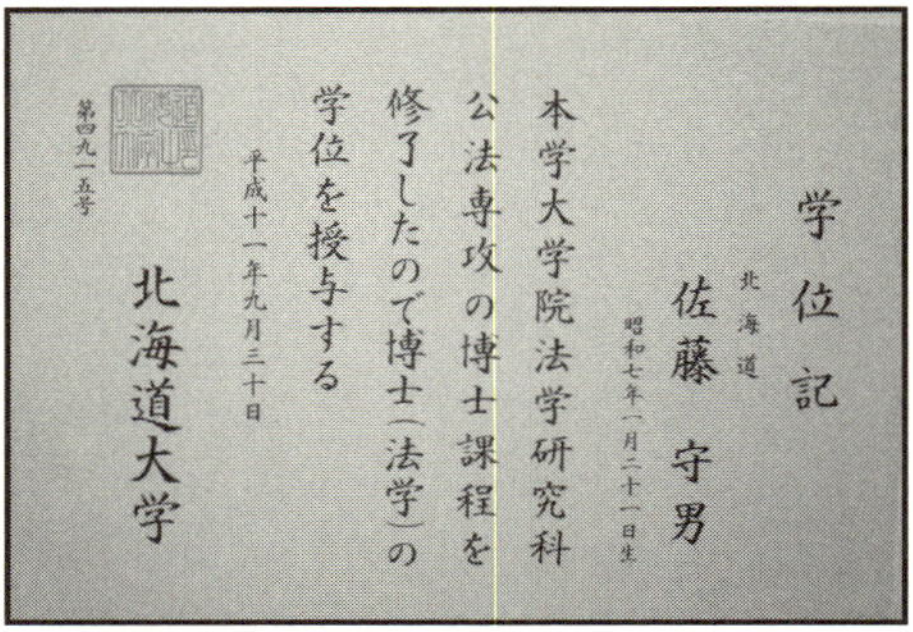

学位記

北海道

佐藤 守男

昭和七年一月二十一日生

本学大学院法学研究科公法専攻の博士課程を修了したので博士（法学）の学位を授与する

平成十一年九月三十日

北海道大学

第四九一五号

博士学位記

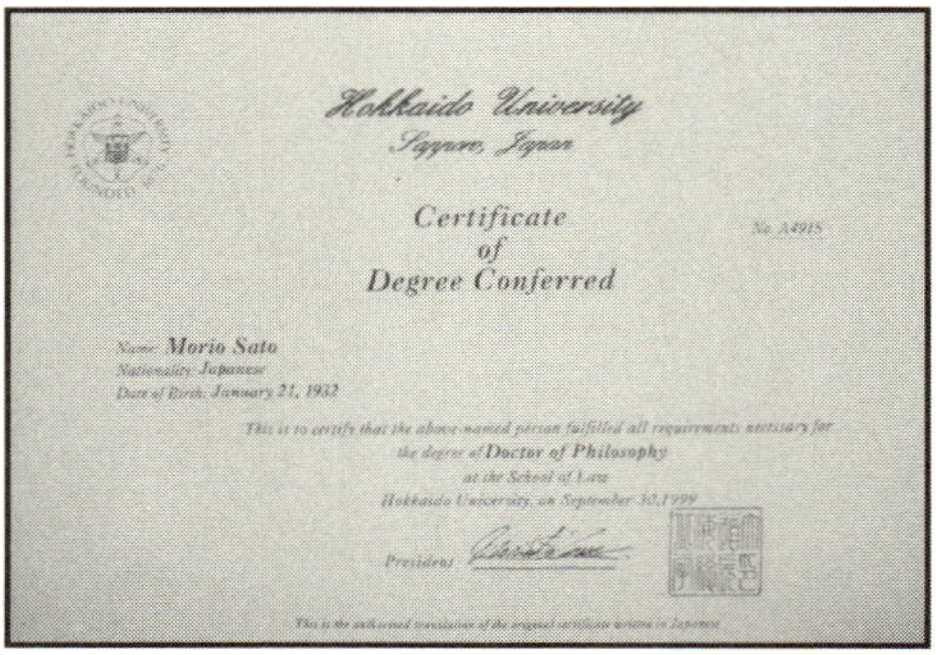

Hokkaido University

Sapporo, Japan

No. A4915

Certificate
of
Degree Conferred

Name: Morio Sato

Nationality: Japanese

Date of Birth: January 21, 1932

This is to certify that the above-named person fulfilled all requirements necessary for the degree of **Doctor of Philosophy** at the School of Law Hokkaido University, on September 30,1999

President

This is the authorized translation of the original certificate written in Japanese

母と共に

った（『北大時報』北海道大学総務部総務課、平成一一年一〇月）。

学位記授与式には遠く郷里・三重から母（九三歳）を呼んだ。課程博士から順次、学位記の授与が始まり、私は二番目に名前を呼び上げられ、年老いた母の視線を背に感じながら、丹保憲仁総長から博士学位記を手交された。その時、約五年前の博士課程合格の夜に母と電話で交わした「約束」を果たすことができた―そのことが私にとって、何よりも嬉しく、胸に込み上げる熱いものを強く感じた。この日、中村研一先生は研究のため、すでに英国へ旅立たれ、報告・挨拶する機会を失った母と私は、そのことが唯一、心残りでならなかった。

学位記授与式終了後、母を車椅子に乗せて初秋の北大構内を案内してまわった。前大戦末期、一家をあげて京都より郷里三重県に疎開してから約半世紀の間、母は農婦と化して大所帯の食料確保のために働き続けてくれた。腰も曲がり、背も丸く、小さくなってしまった母を乗せた車椅子は、本当に軽かった。手押ししながら、目に溢れでる涙をさとられないようにそっと手でぬぐった。そして、母の丸っこい背中に心の中で何度も「ありがとう」と呟いた。その母も今はいない。

郷里の妹（長女）が後日、「兄の旅立ち」と題して、『毎日新聞』に投稿したコラム「女の気持ち」（一九九九《平成一一》年一一月一一日付け朝刊掲載）を、最後に掲げておきたい。

「四〇余年前の兄から家族にあてた手紙を今も大切にしまっています。

兄は高校卒業後、名古屋の会社に就職し、数ヵ月後、熟慮の末、自衛隊に入隊しました。六人兄弟の長兄としての責任感が強く、兄の仕送りで生活を支えたといっても過言ではありません。毎月の送金は言うまでもなく、両親、弟妹に対するこまやかな思いやりあふれる手紙をくれました。私たちは、その手紙を繰り返し読んだものです。

明日の食料にも事欠く日々の中で、兄は、弟二人を大学にやるための援助を惜しみなく続けました。節約を重ね、兄の小遣いは皆無でした。それでも兄は、末弟の卒業を待って、自分自身も勉強を開始しました。三〇代後半で地元私学の二部に入学。自転車で通学し、四年間皆勤を通しました。

五三歳の定年と同時に東京の私学（通信教育部）に入学しました。二年後の卒業式の日、キャンパスを年老いた母とともにゆっくり歩いていた姿が印象的でした。その五年後には、地元国立大学の大学院に社会人入試が実施され、再び挑戦、五九歳の入学でした。

翻訳業の傍ら、七年の歳月をかけた兄の努力が実を結び、この秋、学位授与式を迎えました。九三歳の母を連れての旅立ちです。母の小さな拍手は、兄にとってだれよりも大きく届いたに違いありません」

（三重県菰野町　主婦　川北圭子　六六歳）

研究活動の概要

学位取得後の経過と研究活動の概要を、既述の中身とやや重なる部分もあるが、以下に書き留めておきたい。名ばかりの研究成果の、社会への精一杯の還元については、まさに汗顔の極みである。

二〇〇〇（平成一二）年四月、大学院重点化の流れに伴い、北海道大学大学院法学研究科に附属高等法政教育研究センターが設置された。そして、初代センター長に山口二郎先生（現法政大学教授）が就任された。恩師・中村研一先生からセンター長への口添えにより、私は同年七月、同センター研究員の北海道大学総長委嘱辞令を交付された。私は爾来、同センター研究員として研究生活を送らせて頂いている。私に研究環境とそれに伴う種々の便宜を図って下さった両先生に対して言葉もなく感謝している。

私は二〇〇七（平成一九）年度後期、大学院法学研究科において開講された「政治史学特殊演習Ｃ」（「政治史学特別研究Ｄ」）を担当された松浦正孝教授（現立教大学教授）から同演習への受講機会を頂戴した。

このゼミの主題は「宇都宮太郎を読む」というものであり、同年四月と七月に公刊された『日本陸軍とアジア政策　陸軍大将宇都宮太郎日記』（岩波書店、二〇〇七年）がその研究対象であった。中国、朝鮮と深いかかわりを持ち続け、情報畑を歩んだ宇都宮太郎の一五年分の日記を読み解くことが同ゼミの課題であった。宇都宮の死から八〇余年を経て封印を解かれた史料（日記）は、独自のアジア政策をもつ一軍人の思想と素顔を浮かびあがらせた興味ある内容であった。

『宇都宮日記』は、日本陸軍の「長州閥」に対する非主流派の宇都宮を中心に陸軍内部の政治的ダイナミズム（原動力、Dynamism）を伝えている。宇都宮は、参謀総長の呼び声もあったが、陸軍三長官（陸軍大臣、参謀総長、教育総監）のいずれのポストにも就くことはなかった。

しかし、宇都宮は、日本近代史における軍隊や軍人の意味を解明する手がかりとして明治、大正期を生きた注目すべき人物であることに変わりはない。

同演習が終わりに近づいた二〇〇七年末、担当教官の松浦正孝先生から「日本陸軍情報将校の制度史」をまとめるように指示された。それは、大変な課題であった。史・資料的制約もさることながら、「情報将校」に関する研究は、わが国軍事史研究においても、きわめて希薄な分野であった。

論文執筆のための構想をかためながら、史・資料の渉猟に全力をあげたが、論文の切り口がなかなか見定まらない。その都度、松浦先生の研究室のドアーを叩いて「指導受」を重ねた。しかし、執筆は遅々として進捗しない。遂に、執筆の断念を先生に申し出るに至った。

松浦先生は私の申し出に対し、「手がけた仕事を途中で投げ出しては絶対にいけない」と、研究者としての心構えと姿勢を厳しく諭されたのである。思い直して再度、鉢巻を絞め直し二〇〇九（平成二一）年五月、論文「日本陸軍情報将校と辛亥革命―一八七八年〜一九一一年―」を脱稿することができた。まさに難産であった。同先生の厳しくも、きわめて徹底した懇切な指導なくして同論文の完成は到底、不可能な作業であった。そして、先生から『北大法学論集』への投稿を進められた。同論文の内容（骨子）は、次のとおりである。

1　参謀本部情報将校の形成過程

（1）情報将校の系譜／（2）情報将校の制度化

2　参謀本部第二部の組織強化

（1）日清戦前／（2）日露戦前

3　情報通信と外部協力組織
（1）情報通信網の整備／（2）日清貿易研究所と陸軍教導団
4　辛亥革命と参謀本部第二部の対応
（1）辛亥革命勃発の背景／（2）参謀本部第二部長の対清方針
5　情報工作員「金子新太郎」の対清派遣
（1）参謀本部第二部長の秘密工作／（2）「金子」に対する参謀本部第二部長の配慮

『北大法学論集』への寄稿には、雑誌編集委員会の審査を受けなければならない。それに先立って、担当教官の「モニタリング結果報告書」の添付が必要であった。松浦正孝先生のお手を煩わせ、同報告書を作成して戴いた。その中で、先生は「軍事史研究者の間では、情報将校についての研究は特に希薄であり、明らかになった部分までを、少しずつでも、それを研究する者が公刊し、学界の共有財産として積み重ねていくことでしか、この分野についての研究は進まないと考えられている」として、情報将校の制度史研究のおくれを指摘された上で、「細かく飛散した史料や個別論文を丹念に拾い集めながら、日本陸軍の中で、日陰の存在である情報将校制度が、幕末の『お庭番』的存在から参謀本部第二部および海外駐在武官へとして整備されていく様を、人名・組織図などの変遷にわたり、細部にいたるまで根気強く整理していったデータは、今後の貴重な『学知』となろう。特に、これまで、陸軍非主流派の薩摩・佐賀藩閥が、日陰的存在である諜報や『支那畑』を占めていったと理解されていた通説を、島津斉彬

—西郷隆盛、鍋島直正—江藤新平という明治維新の原動力となった『蘭癖』の賢君の下における情報収集者に起源を求め、それが情報将校制度の人的連続性に連なっていったことを、確かな説得力をもって再構成した点は、本論文の白眉とも言える部分であり、注目を集めるであろう」と評価され、論文の公刊を「可」とされた。

このように、一年有余の苦闘を経て漸く、同拙稿が『北大法学論集』(第六〇巻第一号、二〇〇九年)に掲載されたのは平成二一年の初夏であった。

上記の拙稿が『北大法学論集』に掲載された直後、中村研一先生から、今までの研究成果を一つに纏めて刊行するように勧奨の言葉を頂戴した。そこで、学位論文「情報戦争としての日露戦争—参謀本部における対ロシア戦略の決定体制一九〇二～一九〇四年—」と「日本陸軍情報将校と辛亥革命—一八七八年～一九一一年—」とを組み合わせ、書物としての構成上、かなりの部分に修正を加えて出版原稿を作成した。そして、芙蓉書房出版・平澤公裕社長から「情報」という観点での戦史研究に深い理解を賜り、『情報戦争と参謀本部—日露戦争と辛亥革命—』と題して、とても考えられなかった、私にとって、はじめての上梓が叶ったのである。それは、六〇歳の定年退職後、北海道大学大学院へ進学以来約二〇年間、ここに至るまでの峻嶮な山道をよろめきながらも、ようやくにして辿りついた一つの到達点であった。

北海道大学大学院における「晩学の道」を歩み続けながら、その間の研究活動とあわせて、その後の活動のあらましを参考までに、以下に掲げておく。なお、著書四冊については、解題を付記して内容を紹介しておきたい。

（１）著　書

■『情報戦争と参謀本部――日露戦争と辛亥革命――』（芙蓉書房出版、二〇一一年）

・本書刊行の動機

本書出版の直接動機は上述したとおり、北海道大学大学院における指導教官・中村研一教授の刊行助言によるものである。本書の上梓は指導教官をはじめ、多くの学内外諸先生方の、老学徒に対する終始変わらぬ後押しの賜物以外の何物でもない。

本書が刊行された直後、松浦正孝先生から「先日、法学部の事務室で中村研一先生にお会いした時、『佐藤の本が出たよ。知っているか』と大きな声で呼びかけられた。あのように嬉しそうな先生の笑顔を今までに見たことがない」という寸言を知った。今、思いおこしても言葉なく胸にこみ上げる。

情報戦争と参謀本部
――日露戦争と辛亥革命――
佐藤守男
日露開戦前と辛亥革命時の陸軍参謀本部の対応を
「情報戦争」の視点で政治・軍事史的に再検証する

・本書の章立て（節は省略）

第Ⅰ部　日本陸軍情報将校の系譜と参謀本部

第１章　陸軍情報将校の起源／第２章　日本陸軍の情報活動

第Ⅱ部　情報戦争としての日露戦争

第３章　日本陸軍と日英軍事協商／第４章　開戦前の対露情況判断／

第5章　日露両軍の情報活動比較／補　章　開戦前のロシア陸軍
第Ⅲ部　参謀本部の対清情報活動
第6章　辛亥革命と参謀本部第二部の対応／第7章　外郭協力組織／
終　章　情報工作員　金子新太郎の対清派遣

・本書の内容

本書は、日本陸軍の情報活動に焦点をあてた日英同盟締結から日露戦争、そして中国辛亥革命にいたる軍事・政治史である。まず、「情報将校」が制度化される過程を、そして、日露戦争の準備と辛亥革命への対応のために情報収集と作戦決定の体制が形成される内政と外交の過程を、参謀本部を中心に歴史的に考察したものである。

本書は三部（九章）構成をとり、第Ⅰ部「日本陸軍情報将校の系譜と参謀本部」では、参謀本部情報将校の形成過程に着目し、情報将校制度の人的系譜の連続性および軍事情報の収集主体として在外公使館付武官、外国駐在員および海外派遣者の制度化に言及して、全体への導入を図った。第Ⅱ部「情報戦争としての日露戦争」が、本書の主体部分を成している。ここでは、参謀本部の情報収集から政策決定までの一貫した流れを、対露戦争の遂行という政治的文脈の中で実証した。第Ⅲ部「参謀本部の対清情報活動」では、中国辛亥革命時における参謀本部第二部の対応に焦点をあて、陸軍情報将校の活動状況を明らかにしたものである。以下、各章について略述する。

第1章「陸軍情報将校の起源」では、「情報将校」の誕生を歴史的に遡って考察し、そこから一連の人的系譜を作成して、それが制度化されていく過程を検討した。

第２章「日本陸軍の情報活動」は、日本の参謀本部の変遷過程を情報収集・分析の観点から通観した。それと共に、情報伝達手段の重要性と整備および陸地測量部の活動についても言及した。

第３章「日本陸軍と日英軍事協商」は、日英同盟にもとづく日英軍事協商が両国陸軍による情報面での対露攻守同盟の側面をもっていたことに光をあて、日本陸軍がこの過程で獲得した情報の意義を考察した。

第４章「開戦前の対露情況判断」は、対露情報活動が師団長会議、参謀長会議の場で報告された政治的意味、およびそれが対露開戦の政策決定に反映する過程を分析した。

第５章「日露両軍の情報活動比較」では従来、軽視されてきた日露戦争の外国観戦武官の記録を史料として、そこにおける日露間の情報能力の比較をおこなった。

補章「開戦前のロシア軍」は、日本の参謀本部が事前に収集した対露情報資料の正確度を検証するため、その情報資料と実際のロシア陸軍の兵力組成を比較した基礎資料である。

第６章「辛亥革命と参謀本部第２部の対応」は、日本陸軍の中国に対する情報活動がロシアなどとは異なっているため、辛亥革命の勃発に即応した参謀本部の基本的対清方針を分析した。

第７章「外郭協力組織」は、参謀本部第２部を陰から支えた民間団体の活動について検討した。

終章「情報工作員　金子新太郎の対清派遣」では、中国で活動した無名の情報工作員を、未公開史料を使用し、ユニーク（独特なさま、Unique）な情報将校のケーススタディ（事例研究、Case study）として取りあげて「むすび」にかえたものである。

本書は換言して要約すれば、日本陸軍情報将校の系譜、参謀本部情報組織の形成と対露情報活動、そして参謀本部第二部の対清情報工作の三本の支柱から成っている。それは川上操六、福島安正、宇都宮太郎の三将星によって描かれた、わが国参謀本部情報戦史の燦然たる活動の軌跡に他ならない。

・本書の反響

日露戦争開戦前の軍事史と辛亥革命期の情報活動戦史は、先行業績がきわめて乏しく、本格的な研究がはじまったばかりの学術領域である。特に、多くの日露戦史において情報分野の研究が抜け落ちている。そのような空白に近い分野の研究を埋めることに本書公刊の意義があると思う。また、本書の「第Ⅰ部」において取り扱った日本陸軍の中で日陰の存在である情報将校制度が、幕末の「お庭番」的存在から参謀本部第二部および海外駐在官へとして整備されていく経緯、そして情報将校制度の人的系譜の連続性を公にすることにも大きな学術的意義があるものと確信する。

防衛省防衛研究所戦史研究センター・花田智之主任研究官および茨城キリスト教大学文学部・斎藤聖二教授の両碩学から二〇一二（平成二四）年六月と九月、拙著に対する重厚な「書評」を頂戴した。

その中で、花田智之主任研究官は「本書は参謀本部の情報活動に関連する重要な未刊行史料を数多く発掘し、学術的に活用している。まさに明治末期の日本陸軍の頭脳であった参謀本部を政治史学と軍事史学の両面から見直した画期的な労作であると言える」（『軍事史学』第四八巻第一号、平成二四年一月）と指摘された。一方、斎藤聖二教授からは「全体に一つ一つのトピックは興味深いものが取り上げられており、多くの関心を惹く指摘がなされている。ただ、そこからさらに広がりのある分析や解説を読んでみたい欲求が読後に残る。資料上の縛りは本書もまた例外でないことは当然だが、各章に散在する指摘の面白さゆえに今後いっそうの資料探求と研究の深化を期待したい。いずれにしろ、簡潔な記述とともに原資料の提示に多くのページを割いている点は、後続の研究者にとって有益なものになろう。明治期軍事部門の情報関連研究の進展のための羅針盤的一書といえる」（『日本歴史』吉川弘文館、二〇一二年九月号）として、叱咤激励を賜った。

なお本書は、私の「晩学の道」における唯一の研究の結晶であり、定年退職自衛官から晩学にかけた「学び」の一冊である。英国・オックスフォード大学およびケンブリッジ大学の両図書館、ドイツ・ベルリン国立図書館が、その館内書架の片隅に、本書を立てかけてくれたことは、大きな励みの一つになったし、ささやかな誇りと自信を感じさせてくれた。

■『情報戦争の教訓―自衛隊情報幹部の回想―』（芙蓉書房出版、二〇一二年）

・本書執筆の動機

前節において述べた通り、私は一九九三（平成五）年、北海道大学大学院法学研究科修士課程二年目に入った四月、社団法人「北海道総合研究調査会」の特別研究員を兼ねることになった。同調査会・故徳本英雄理事長から「防衛庁における長年の情報勤務の体験を回顧して今に問うべきであろう」という刊行助言を戴いたことが、本書執筆の直接動機であった。このことも、すでに述べたところである。

・本書の章立て

　第1章　情報戦争の教訓

　　1　北朝鮮ミサイル発射事件／

　　2　「ミグ-25」亡命事件（一九七六《昭和五一》年）

　　3　「大韓航空機」撃墜事件（一九八三《昭和五八》年）

　第2章　情報勤務の回顧

　第3章　定年退職後の軌跡

・本書の内容

本書は、私の防衛庁における長年の情報勤務の実体験を三章に大別・整理して記述したものである。第1章「情報戦争の教訓」では、耳目に新しい北朝鮮の人工衛星と称するミサイル発射に関連する情報収集活動を冒頭にとりあげ、この時も又、過去の教訓を生かしきれなかった稚拙な情報の使用について簡単に検証した。

そして、約三〇年前に相次いで発生した「ミグ-25」亡命事件（函館）および「大韓航空機」

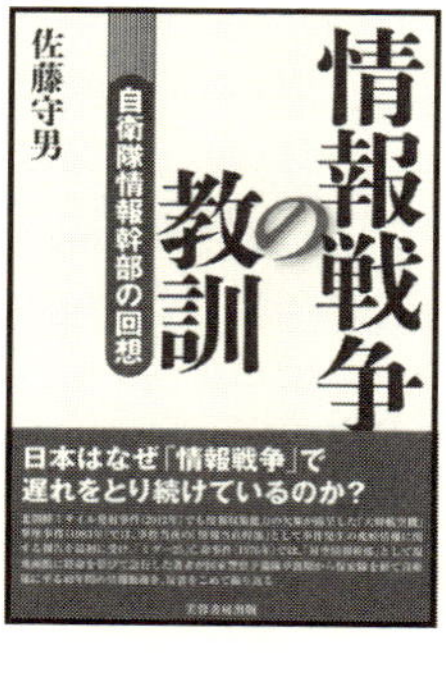

情報戦争の教訓
自衛隊情報幹部の回想
佐藤守男
日本はなぜ「情報戦争」で
遅れをとり続けているのか?

撃墜された大韓航空同型機

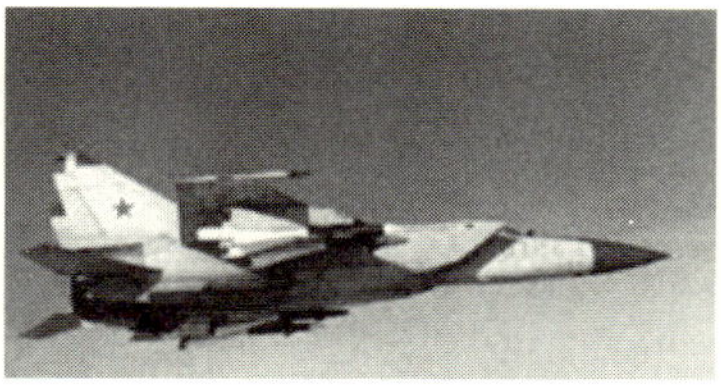

亡命「ミグ－25」同型戦闘機

撃墜事件（サハリン《旧樺太》上空）における「情報戦争の教訓」を改めて見つめ直し、許される記述の範囲内で紙幅を割いた。第2章「情報勤務の回顧」では、警察予備隊の創設期から保安隊を経て自衛隊に至る期間の情報勤務を振り返り、自衛隊情報勤務者のみならず、関係情報機関勤務者の参考に供することができればとの思いで記述した。第3章「定年退職後の軌跡」では、一自衛官の退職後の処世の断面を紹介し、後継諸賢への「贈ることば」として、むすびにかえた。そして、このつたない短章によって「情報戦争」の本質に少しでも接近できればとの願いを込めた心算である。

「情報戦争」は平戦両時を問わず、そして国家間に限ったことではなく、企業間にも、政治や社会生活の場においても展開されている。従って、情報に対する触覚を常に研ぎ澄まし、分析力を高め、洞察力の向上に努めなければならないと思う。

特に、第1章「情報戦争の教訓」の中では、2「ミグ-25」亡命事件（三六年前）および3「大韓航空機」撃墜事件（二九年前）に本書記述の力点をおいた。なぜなら、私自身がこの両事件に直接、関与したからにほかならない。前者については、自衛隊北部方面総監部第二部の「対空情報幹部」として、事件の発生現場（函館）に急行を命じられ、情報収集活動に従事した。

後者については、陸上幕僚監部調査部（一九七八年に「第二部」から「調査部」に名称変更）調査別室東千歳通信所の「情報当直幹部」として、事件当夜の情報収集に直接、かかわったのである。その時の状況と体験を、本書の中でありのままに描写した心算である。

「ミグ-25」亡命事件とは、一九七六（昭和五一）年九月六日（月）午後一時五〇分、招かざる酔客「赤い怪鳥」（「ミグ-25」）が、北海道の空の南玄関・函館空港に突如として飛来した。いわゆる「ベレンコ中尉亡命事件」のことである。ロシア人は余程、この穏やかな港町・函館が好きらしい。ロシアは一八五八（安政五）年一〇月、最初の駐日外交部（領事館）を、この地に開設している。欧米諸国とは異なり、ロシア帝国のみがわが国の中央から遠くに離れた僻地（当時）に外交の拠点を選択したのである。港の見える小高い丘に多くのロシア人水兵たちが今も静かに眠っている。ビクトル・イワノビッチ・ベレンコ（二九歳、グルジア出身）も又、この函館にあたかも吸い寄せられるかのように、招かざる珍客として飛び込んできたのである。わが国にとっては、きわめて迷惑な亡命事件だった。

「大韓航空機」撃墜事件とは、一九八三（昭和五八）年八月三一日（水）午後一〇時（日本時間）、ニューヨーク発アンカレジ経由ソウル直行深夜便「ＫＡＬ・００７便」（大韓航空《Korean Air Line》、ボーイング７４７ジャンボ機）は乗員二九名、乗客二四〇人（うち、日本人乗客二八人）計二六九名を乗せて、アンカレジ（アラスカ南部の空港、Anchorage）を離陸した。同機はその数時間後、正確には翌日午前三時二五分、ソ連迎撃戦闘機「スホイ-15」の発射したミサイルによって、サハリン（旧樺太）西方海域へ撃ち落とされるという、前代未聞の衝撃的事件が発生する。乗員・乗客二六九名全員の死亡が確認された悲劇であった。

東西冷戦の厳しい対立が続く国境の空で発生した悲劇とはいえ、時は戦時ではなく、平時なのである。ソ連がいかに行為の正当化を試みようとも、「問答無用の撃墜」は明白である。無抵抗、無武装の民間大型旅客機にミサイル攻撃をしかけたソ連の非道、鬼畜にも劣る蛮行は、永久に弾劾され続けなければならない。その強い思いを本書に寄せた。

・本書の反響

本書の公刊により、各新聞社、放送局などからの取材が相次いだ。特に、「大韓航空機００７便撃墜事件」（一九八三《昭和五八》年九月一日）三〇周年にあたった二〇一三（平成二五）年夏には、マスメディアからの取材攻勢が重なった。

その中で、『北海道新聞』が、同年八月一九日付け朝刊において大々的に報じたほか、『毎日新聞』も同年八月二七日付け朝刊で同様な記事を掲載した。また、「ＮＨＫ」札幌放送局において長時間の取材を受け同年九月二日（月）、「ニュースおはよう日本」（約五分）および「ネットワークニュース北海道」（約九分）の中で、その内容が放映された。一方、二〇一六年七月一五日、「ミグ-25亡命事件」四〇周年に際し㈱ゼロクリエイトから取材を受け同年七月二四日（日）、「テレビ朝日」系列で放映された。その後、現在も本書の内容に関する取材が後を絶たない。

■『警察予備隊と再軍備への道―第一期生が見た組織の実像―』（芙蓉書房出版、二〇一五年）

・本書執筆の動機

二〇一五（平成二七）年は、今日の自衛隊の前身・警察予備隊創設から六五周年を数えた。一九五〇（昭和二五）年八月下旬から一〇月上旬にかけて隊員の募集・採用が国家地方警察本部主導のもと、全国各地において実施された。六個警察管区全体で約七万五〇〇〇人が入隊し、そのうちの約三％にあたる一八歳の若年隊員は約二五〇〇名であった。それらの少年隊員たちも、すでに傘寿をはるかに超えた。私もその一人である。

そこで、わが国の再軍備のきっかけとなった警察予備隊の創設史を振り返ることは、あながち無意味な作業ではなく、それなりの意味をもつものと考えたのが、本稿起筆の直接的動機である。どうしても、書き残しておきたい創設当時の模様を取りまとめ、後継諸賢の参考の一助になればと願う。

・本書の章立て

序　章　再軍備への坂道
第１章　警察予備隊の創設
第２章　警察予備隊の訓練
第３章　警察予備隊員の福利厚生
第４章　警察予備隊の発展
終　章　再軍備の行方

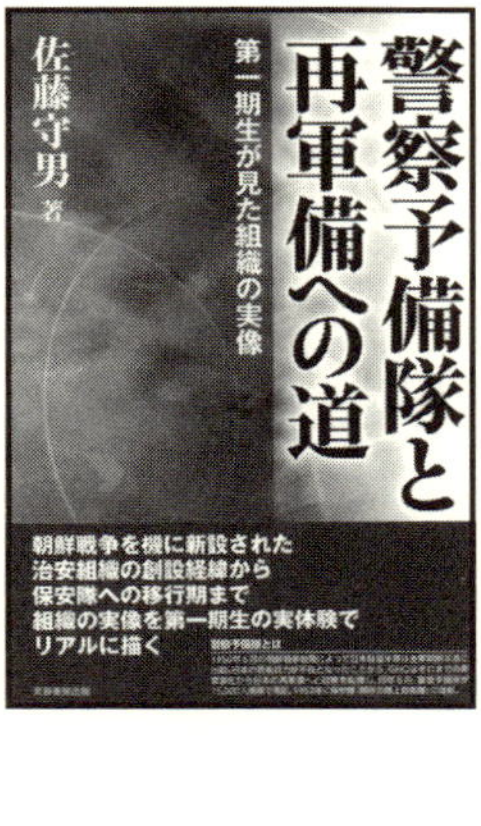
警察予備隊と再軍備への道
第一期生が見た組織の実像
佐藤守男 著
朝鮮戦争を機に新設された
治安組織の創設経緯から
保安隊への移行期まで
組織の実像を第一期生の実体験で
リアルに描く

・本書の内容

本書は警察予備隊創設六五周年に際し、その創設経緯および成長過程に私の実体験を重ね合わせて整理したものである。残り少なくなったと思われる「警察予備隊第一期生」の語り草になれば幸いである。

警察予備隊は、マッカーサーの絶対命令によるものとは言え、朝鮮戦争の硝煙の中から生まれた武装集団であった。警察予備隊の創設は、アメリカ本国政府（とくに軍部）の思惑、「ＧＨＱ」内部の力関係、日本政府の牽制、旧日本軍人の策動など、様々な要素が複雑に絡み合う中で進められた経緯がある。そこで、本書では、警察予備隊の創設に当たり、できる限り当時の実相を再現して紹介した心算である。

本書の対象とする時期は、主として一九五〇（昭和二五）年の警察予備隊創設から一九五二（昭和二七）年の保安隊への移行期までとした。

なお、「終章　再軍備の行方」においては、わが国の集団的自衛権と核武装問題に触れた。わが国は東アジアにおける深く根ざした対立・緊張の中におかれ、隣接三国（ロシア、中国、北朝鮮）は、いずれも悩ましい国ばかりである。わが国の安全保障は、対米連携（日米軍事同盟）を深める以外に道はない。つまり、集団的自衛権の無条件容認を強調した。

後者では核武装にかえて、わが国の高度な先進技術力による高性能兵器（無人）の開発・装備を訴えた。「わが国民、領域を守るために、何が必要か」――このことを強く念頭において記述した心算である。

・本書の反響

本書公刊後いち早く、『朝雲』(二〇一五年三月一九日付)が紙上に「新刊紹介」を掲載し、その中で同紙は、「米軍顧問団の指揮下、貸与された新品のカービン銃と飯盒からのスタート。教育訓練や福利厚生制度が確立していく様子を丹念に追う。まだ機関紙だった頃の『朝雲新聞』についても触れられている。『朝鮮戦争の硝煙の中から生まれた落とし子』である警察予備隊が米軍の指導の下で、いかにして発展したのか。著者自身の経験にとどまらず、多くの資料を駆使して客観的に解き明かしていく本書は、戦後史を学ぶ上で重要な一冊だと言える」と指摘した。

このほか、二〇一五(平成二七)年一月一〇日、共同通信社札幌支局から本書に関する熱心な取材を受けた。そして、『東奥日報』(同年二月二三日付)に「警察予備隊の歴史は」、『毎日新聞』(同年二月二七日付)に「警察予備隊の変遷・記録」とそれぞれ題し、本書の出版記事(写真入り)が各朝刊紙上に掲載された。

同年四月、朝日新聞大阪本社から遠く北海道大学まで足を延ばして、「警察予備隊の創設」について取材を受けた。その後も警察予備隊に関する問い合わせが続いている。

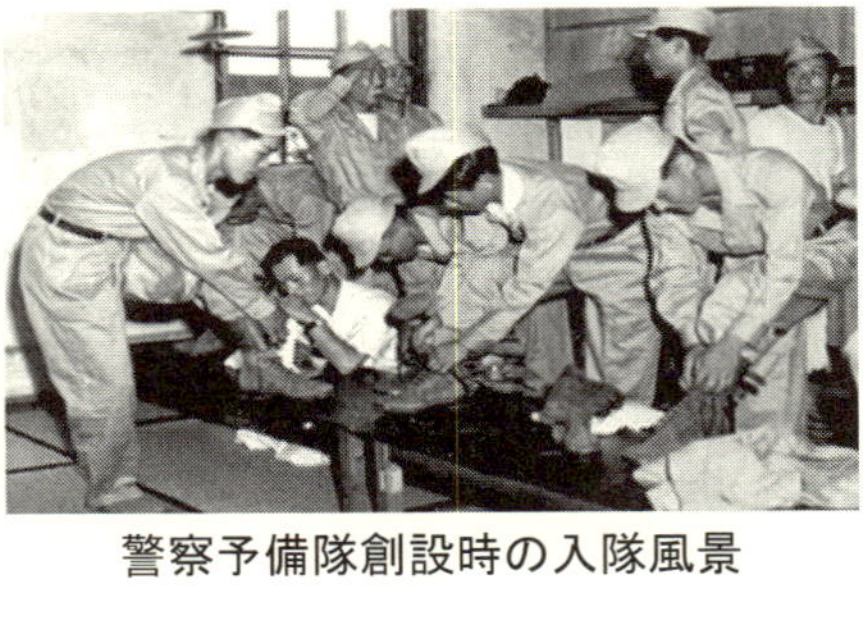

警察予備隊創設時の入隊風景

■『極東の隣人ロシアの本質―信ずるに足る国なのか？―』（芙蓉書房出版、二〇一七年）

・本書執筆の動機

二〇世紀前半、明治日本の歩んだ道は、血なまぐさい硝煙立ち込める戦塵に包まれ、その行く手に常に立ちはだかったのがソ連・ロシアであった。新生日本は、最後にスターリン・ソ連の巧みな弾圧の前に膝まずいて屈服し、幕を閉じたのである。

本書においては、第二次世界大戦敗北の原因を問うつもりなどさらさらない。「弱いから負けた」だけであり、「負け戦をしてはならない」という不変の鉄則だけが証明されたからである。しかしながら、いかに燃え滾《たぎ》る感情を抑え、求められる冷静な知性に訴えてみても、いかんとも容認し難いソ連・ロシアのおよそ国際信義から程遠い事実が歴然として残されている。それを、虚心坦懐に書きとどめ、その真実の風化と忘却をくい止めたいという切なる願いが、本稿起筆の偽らざる心境である。

本書が祖国日本をこよなく愛し、故国日本の限りない発展と繁栄を、微塵の疑いもなく信じ続けながら、この間の日露関係史の中に悲運の最期を遂げ、埋没していった幾多同胞のレクイエムになるならば、望外の喜びと幸せ、老生これに過ぐるものはない。

極東の隣人
ロシアの本質
信ずるに足る国なのか？
佐藤守男 著
1930年代からの
日本とソ連・ロシアの間で起こった
さまざまな事件の分析を通して、
ロシアという国の本質に迫る！

・本書の章立て

第1章　昭和初期ソ連からの亡命事件

第2章　張鼓峯事件（一九三八年七月）

第3章　昭和陸軍の対ソ通信情報活動
第4章　戦後陸海空三つの悲劇

・本書の内容

本書は、記述の対象を一九三〇（昭和五）年代初期から今に至るわが国とソ連・ロシアとの相克を四章に区分し、ソ連要人の亡命事件、主要な国境紛争・張鼓峯事件、それに伴う対ソ連情報活動（特に通信情報）そして戦後、陸海空の三大悲劇を取上げて整理した。どうしても書き残しておきたいという強い願望を込めて記述したものである。

スターリン（国家防衛委員会）は一九四五年八月二三日、朝鮮、満州、樺太などにおける日本人捕虜および抑留者をソ連に移送、留置するように命じた。抑留された日本軍将兵、民間人は約六〇万人、シベリアや極東地域の経済建設現場、バム鉄道（バイカル・アムール鉄道幹線）の建設、木材調達、炭鉱など、きわめて劣悪な条件下での重労働を強いられ、約六万人が極東の酷寒の地に命を落とした。そのうちの約二万人の消息は今もなお、確かめられていない。

日本軍は、第二次世界大戦においてソ連に砲口を向けていない。それにもかかわらず、ソ連の執拗な対日侵攻は、日露戦争において日本から受けた屈辱とロシア革命後の日本のシベリア出兵（一九一八《大正七》年）によるソ連極東領域の制圧に対する復讐以外に考えられない。ロシア人のそれらの怨念を受容するとしても、リング上に倒れた流血のボクサーになおも情け容赦のないパンチを浴びせるという卑劣な行為を、ソ連はあえて日本に続けたのである。

米戦艦「ミズーリ」号上で日本の降伏調印式がおこなわれたのが一九四五年九月二日であっ

た。ソ連軍は八月一八日、北千島・占守島への攻撃を皮切りに九月二〇日までに千島列島を南下して全島を武力制圧した。まさに火事場泥棒的な、この侵略を、ソ連は「民族解放作戦」と名づけて憚らない。ロシアはそれ以来、七〇年余り、わが国固有の「北方領土」の実効支配を続けている。ソ連が一旦、占領した土地を平和的に所有者に返した例は一度も存在していない。

「隴を得て蜀を望むロシア」の野心の本質（宿痾）を見誤ってはならないことを強調した。

特に第4章の主題に「戦後」を付したのは、わが国が一九四五（昭和二〇）年八月一〇日、交戦国に対し、「ポツダム宣言」の受諾を通告（無条件降伏）した以降の出来事を取扱ったからである。

まず、わが国の降伏とほぼ同時に満州（中国東北部）の広野において発生した陸の悲劇を採り上げた。それは、満州西部興安嶺のふもと、興安総省の中心地・興安の東南約四〇キロの葛根廟付近において白城子を目指して徒歩避難してきた婦女子・老人約二〇〇〇名を超える日本人居留民一行に対し、ソ連の機甲部隊が戦車で蹂躙（轢殺）し、無差別の機銃掃射を浴びせかけた野蛮行為の真相である。

続いて採り上げたのは、海の悲劇である。それは、約七〇年余り前の終戦直後、ソ連太平洋艦隊の潜水艦二隻が、北海道留萌沖において旧樺太（サハリン）からのわが引揚船三隻に魚雷攻撃を加えて撃沈するという、北海道の歴史に残る最も凄惨な事件であった。

最後に採り上げた三つ目の悲劇は、ソ連防空軍迎撃戦闘機が大型民間航空機「大韓航空」を戦闘用ミサイルで撃ち落とすという前代未聞の空中における残虐行為である。乗員・乗客二六九名（うち同胞二八名）の命を一瞬にして虐殺した事件である。

これら陸海空における三つの悲劇に共通している三つの明白な特徴を指摘しておかなければならない。

・対象が民間人（非戦闘員）であること。

・相手が無防備・無抵抗であること。

・警告なしの無差別攻撃であること。

これらの人道上、断じて許し難い事実を絶対に忘却・風化させてはならないと思う。帝政ロシアがソビエト社会主義共和国連邦に、そしてロシア連邦に国名を変えてみても、この国の本質・体質がまともな方向に向かうとは、とても考えられない。このことに今も、そして今後も目を逸らしてはならないと思う。その強い思いを込めて記述した。

・本書の反響

本年初頭、中央大学に招かれて講演をした際、学生に「張鼓峯事件」について質問したが、この国境紛争を知る学生は僅かであった。一般社会人においては、なおのことであろう。今から八〇年前の同事件の風化を憂う。

（2）共　著

奥田安弘編『国際私法・国籍法・家族法資料集』（中央大学出版部、二〇〇六年）。

大里浩秋編『辛亥革命とアジア』（御茶の水書房、二〇一三年）。

（3）学術論文

「ロシア領事館の函館開設とその活動—一八五九年～一八六二年の『海事集録』を中心に—」(修士論文)(『北大法学論集』第四六巻第三号、一九九五年)。

「情報戦争としての日露戦争—参謀本部における対ロシア戦略の決定体制一九〇二～一九〇四年—」(博士論文)(『北大法学論集』第五〇巻第六号～第五一巻第四号、二〇〇〇年)。

「日本陸軍情報将校と辛亥革命—一八七八年～一九一一年—」(『北大法学論集』第六〇巻第一号、二〇〇九年)。

(4) 共訳資料

「ソ連邦崩壊後の国籍および外人法に関する二国間条約」(『北大法学論集』第五一巻第一号、二〇〇〇年)。

「二〇〇二年のロシア国籍法」(『北大法学論集』第五五巻第一号、二〇〇四年)。

(5) その他の論文(学術誌寄稿)

「ロシアの最近情勢—連邦軍の動きを中心に—」(『暁鶏』森野軍事研究所、一九九七年)。

「ロシア極東の軍事事情」(『CAPS Newsletter』五、成蹊大学アジア太平洋研究センター、一九九七年)。

「大日本帝国とロシア帝国—情報力(徹底比較)」(『歴史読本』新人物往来社、二〇〇四年)。

「日本陸軍参謀本部と辛亥革命」(『中国研究月報』七六九、中国研究所、二〇一二年)。

「日本陸軍参謀本部情報組織の形成過程」(『戦略研究』一二、戦略研究学会、二〇一三年)。

(6) 雑誌『しゃりばり』(「北海道総合研究調査会」機関誌)掲載論文

「極東地域にみるチェチェン紛争の波紋」（一六〇号、一九九五年六月）。
「サハリン北部地震の波紋―エリツィン発言―」（一六一号、一九九五年七月）。
「極東地方における医療事情」（一六二号、一九九五年八月）。
「ロシア極東方面の軍事事情」（一六四号、一九九五年一〇月）。
「レーベジ解任の背景と波紋―九六秋の政変―」（一七八号、一九九六年一二月）。
「揺れるロシア連邦軍中枢―国防相更迭劇―」（一八五号、一九九七年七月）。
「ロシア再生への試金石―軍改革の行方―」（一八八号、一九九七年一〇月）。
「情報戦争としての日露戦争」（一二回連載、二一八～二二九、二〇〇〇年）。

（7）研究会・学会発表

第二回ロシア・フォーラム「ボーダレス時代、アジア・太平洋とロシア」（一九九五年一月、東京・日本プレスセンター）

発表標題：「ロシア極東をウオッチする」（『北海道新聞』一九九五年一月一七日付け朝刊掲載）

北東アジア研究会（一九九六年三月、成蹊大学アジア太平洋研究センター）

発表標題：「ロシア極東の軍事事情」（『CAPS Newsletter』五、一九九六年四月掲載）

第三回ロシア・フォーラム「ロシア極東の二一世紀―経済と安全保障の側面」（一九九七年二月、東京・日本プレスセンター）

発表標題：「ロシア極東軍の現状」（『北海道新聞』一九九七年二月四日付け朝刊掲載）

北海道大学法学部政治研究会（一九九七年七月、法学部会議室）

発表標題：「情報戦争としての日露戦争」（「博士論文」報告）
第九七回史学会大会・日本史部会（一九九九年一一月、東京大学）
発表標題：「情報戦争としての日露戦争」（『史学雑誌』第一〇八編第一二号、一九九九年一二月掲載）
辛亥革命一〇〇周年記念シンポジウム「辛亥革命とアジア」（二〇一一年一一月、神奈川大学）
発表標題：「日本陸軍参謀本部と辛亥革命」（『中国研究月報』七六九、二〇一二年三月掲載）
戦略研究学会第一〇回大会（二〇一二年四月、明治大学駿河台キャンパス）
発表標題：「日本陸軍参謀本部情報組織の形成」（『戦略研究』一二、二〇一三年一月掲載）
戦略研究学会第三九回定例研究会（二〇一二年一〇月、文京シビックセンター）
発表標題：「情報戦争の教訓―大韓航空機撃墜事件と自衛隊の情報力」
防衛研究所一般研究会（二〇一二年一〇月、防衛研究所戦史研究センター）
発表標題：「情報戦争と参謀本部」
軍事史学会第七四回例会（二〇一七年三月、國學院大學）
発表標題：「大韓航空機００７便撃墜事件の真相」（『軍事史学』第五三巻第二号、二〇一七年九月掲載）
（8）出講（大学）
藤女子大学・文学部「日本史特講」（二〇〇五年五月）
講義標題：「近代日本の軍事と社会」

中央大学・総合政策学部「総合政策概論」
講義標題：「大韓航空機撃墜事件―一九八三年九月一日」（二〇一二年一一月）
講義標題：「情報の活用と価値」（二〇一三年六月）
講義標題：「大韓航空機撃墜事件―一九八三年九月一日」（二〇一四年六月）
講義標題：「大韓航空機撃墜事件―一九八三年九月一日」（二〇一五年六月）
講義標題：「大韓航空機撃墜事件」（二〇一六年六月）
講義標題：「大韓航空機撃墜事件の真相」（二〇一八年一月）

（9）書　評（対象：拙著『情報戦争と参謀本部―日露戦争と辛亥革命―』）
『軍事史学』（第四八巻第一号、軍事史学会、二〇一二年六月、執筆・花田智之）
『日本歴史』（第七七二号、日本歴史学会、二〇一二年九月、執筆・斎藤聖二）

（10）マスメディアからの取材受け
北海道新聞社／「大韓航空機００７便撃墜事件について」（『北海道新聞』二〇一三年八月一九日付け朝刊掲載）
共同通信社／「大韓航空機００７便撃墜事件について」（『毎日新聞』二〇一三年八月二七日付け朝刊掲載）
防衛大学校防衛学教育群統率・戦史教育室／「オーラルヒストリー（自衛官国際派の役割と意義）」（二〇一三年九月一七日）
ＮＨＫ札幌放送局／「大韓航空機００７便撃墜事件について」（「ニュースおはよう日本」二〇

一三年九月二日放映）
㈱ゼロクリエイト／「大韓航空機００７便撃墜事件について」（二〇一五年二月）
共同通信社／「警察予備隊の創設について」（『東奥日報』二〇一五年二月二三日、『毎日新聞』二月二七日付け各朝刊掲載）
讀賣新聞東京本社／「戦後七〇年・冷戦期の情報活動について」（『讀賣新聞』二〇一五年九月七日付け朝刊掲載）
NHK札幌放送局／「戦後七〇年・冷戦期の安全保障について」（二〇一五年九月）
朝日新聞大阪本社／「警察予備隊の創設について」（二〇一五年一一月）
㈱ゼロクリエイト／「ミグ-25事件四〇周年」（「テレビ朝日」二〇一六年七月二四日放映）
NHK報道局報道番組センター／「日本の諜報」（二〇一八年五月一九日放映）

なお、二〇一三（平成二五）年九月、私は、北海道大学法学部の一室において防衛大学校防衛学教育群・平山実准教授（当時）から私の「オーラルヒストリー」（口述歴史、Oral history）に関する聞取りをうけた。その翌年六月、平山准教授が第四八回軍事史学会年次大会（大阪学院大学）において「ロシア通から見た戦後防衛の実相―佐藤守男氏のオーラルヒストリーから」と題して、その内容を発表された。光栄に思う。私は出席できなかったが、代わりに弟妹三人が郷里・三重から代理出席してくれた。このことを感謝して付記しておきたい。

おわりに

冒頭でも述べたように、高架を行く車窓から見る北海道大学のキャンパスは余りにも美しい。その北海道大学が私の母なる学び舎になった。それは、四半世紀が過ぎ去った今でも夢のような出来事であり、現実にあったものとは、とても思えない。誠に幸せであった。米寿まぢかの今、その感慨、なお一入である。

＊　＊　＊

北海道の冬は激しく、厳しい。窓をたたく吹雪の夜遅く、法学部長室での「論文指導受け」が懐かしく胸に疼く。わが恩師、中村研一先生（北海道大学名誉教授）から受けた学恩は筆舌に尽くし難い。先生はどんなにご多忙な時でも、私の論文指導に快く貴重な時間を割いて下さり、慈愛あふれるご指導を戴いた。そして、いつも正鵠を射る、厳しくも納得のいく道筋と方法をお示し下さった。先生との出会いなくして、今の私は存在し得ない。

英国ご滞在の長かった先生が深夜近くの論文指導のかたわら、自ら淹れて下さった紅茶のあまい香りが、こうしていても、ほのかに漂ってくるようである。折角、先生のご尽力を戴いたにもかかわらず、英国政治学会での論文発表が私の個人的事情（次男への腎提供）から実現しなかったことは誠に心残りである。

しかし、私の初めての著書（『情報戦争と参謀本部―日露戦争と辛亥革命―』芙蓉書房出版、二〇一一年）を、英国のオックスフォード大学ボドリアン図書館、ケンブリッジ大学図書館およびベルリン国立図書館がいち早く取寄せてくれたことは、先生の学恩にいささかでも報いることができたように思える。先生とのお別れに際し、先生はご愛用の万年筆をポケットから無造作に抜き取られ、私に差し下さった。机上の、その万年筆がいつも、私の怠惰を戒めてくれている。

学位論文「情報戦争としての日露戦争―参謀本部における対ロシア戦略の決定体制　一九〇二～一九〇四年―」の作成に際し戦後、わが国軍事史学界の先駆者、防衛研究所元主任研究官・原剛先生から頂戴した学恩も計り知れないものがある。

特に日露戦前、日本陸軍参謀本部の軍事情報史の史料渉猟にあたっては、原剛先生から惜しみないご示教のほか、貴重な原史料の提供に与った。先生の懇切なご指導と、北海道から上京の度ごとに頂戴した温かい激励と後押しなくして、学位論文の完成は、私にとって余りにも重い難事であった。今もなお、変わることのない先生の、老生に対するお見守りに深甚の謝意を申し上げる。

私の短かった研究者生活において複数の著作を江湖に問うことが叶った。それは、ひとえに芙蓉書房出版・平澤公裕社長の終始変わらぬ老生への温かい激励とご厚情の賜物のほか、何ものでもない。

北海道大学に提出した博士論文に加筆修正した原稿「情報戦争と参謀本部―日露戦争と辛亥革命―」を二〇一〇（平成二二）年七月、北海道大学出版会企画委員会の審査を受け、平成二三年度科学研究費補助金（研究成果公開促進費）を日本学術振興会に申請した。しかし、翌年四月、「独創性又は先駆性がもう少し高いと良い」という、全く無味乾燥・意味不明な短文を添えて不採用が通知されてきた。刊行助成の道を絶たれて途方に暮れていた矢先、幸いにも、芙蓉書房出版・平澤社長の知遇を得ることができたのである。それ以来、今日に至るまで、心強いご指導と温かいお見守りを仰いでいる。万感の思い、その学恩に感謝申し上げる言葉もない。

「定年後の晩学」においてご指導を戴いた中央大学総合政策学部、北海道大学法学部、同文学部、同スラブ研究センター諸先生方のご芳名すべてを、ここに掲げ得ないが、頂戴した多大のご教示に対し、心からお礼を申し上げたい、感謝の気持ちで一杯である。

最後に、私の研究者生活を蔭から常に温かく支えて、力強い励ましを賜った、防衛庁最終勤務場所の直属上司・皆川順吉氏ご夫妻と北海道地方自治研究所・佐々木真美氏に対して、心深くから感謝の言葉を申し上げたい。なお、本冊子に掲載した二十数葉の写真も、皆川順吉氏のご厚意とご支援によるものであり、心からお礼を申し上げる。

私の「定年後の晩学」を誰よりも喜んでくれたのが、今は亡き母であった。その母は、私の北海道大学大学院法学研究科公法専攻博士課程の修了を見届けるかのように、九六歳の、まるで眠るかのような、穏やかな大往生であった。

母は、私の幼児期からの成長記録のすべてを残してくれた。保育証（昭和童園、昭和一三年三月）、小学校の通知票（昭和一三年度〜昭和一八年度）、修業証書（昭和一四年三月〜昭和一九年三月）をはじめ、あらゆる賞状を保管しておいてくれた。亡き母の私にかけてくれた思いに対し、果たし得なかった孝養の無念と悔恨が胸深くに疼く。眼がしらに涙が滲む。

六〇歳定年後、夢にまで見た北海道大学の門をたたいてから早や二五年余りが、これも又、一夜の夢のように過ぎ去った。今もなお、私は、同大学院法学研究科附属高等法政教育研究センターの研究員として「学びの場」を残して戴いている。万感の思い尽きることがない。

＊　＊　＊

名ばかりの研究者生活の「締めくくり」として、「定年後の晩学の道」に関する自らの体験をありのまま、一切の虚飾を排して書き留めた心算である。擱筆にあたり、禿筆を深く謝すと共に、後継諸賢の、定年後を生きる上での参考の一助になることを衷心より願うばかりである。

母やすかれと、この小冊子を亡き母の霊前に捧げたい。

二〇一八年夏

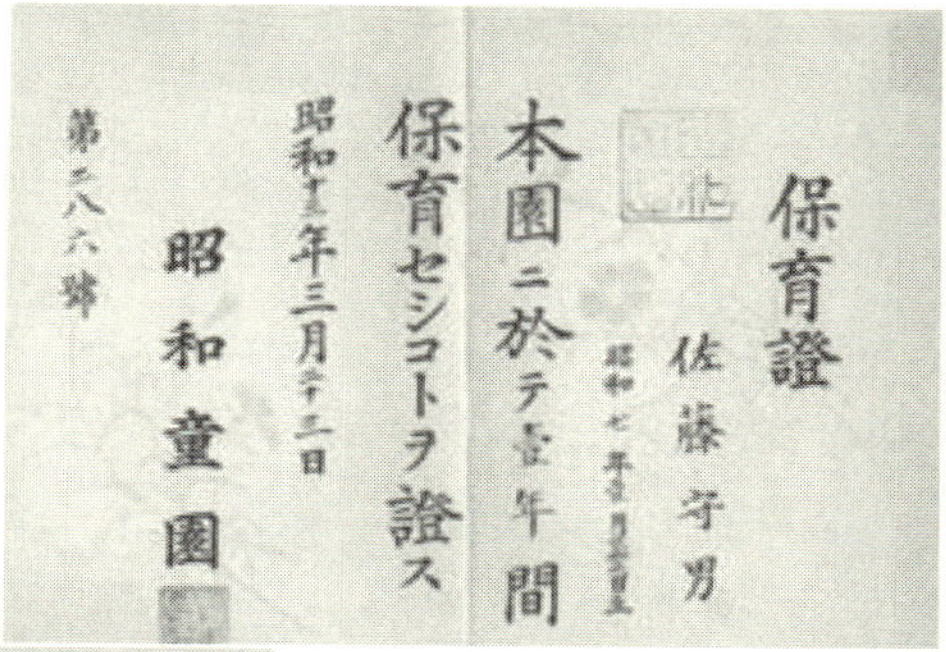
保育證
佐藤守男
本園ニ於テ壹年間
保育セシコトヲ證ス
昭和十三年三月二十二日
昭和童園
第二八六號

京都の保育園の修了証
（昭和13年3月）

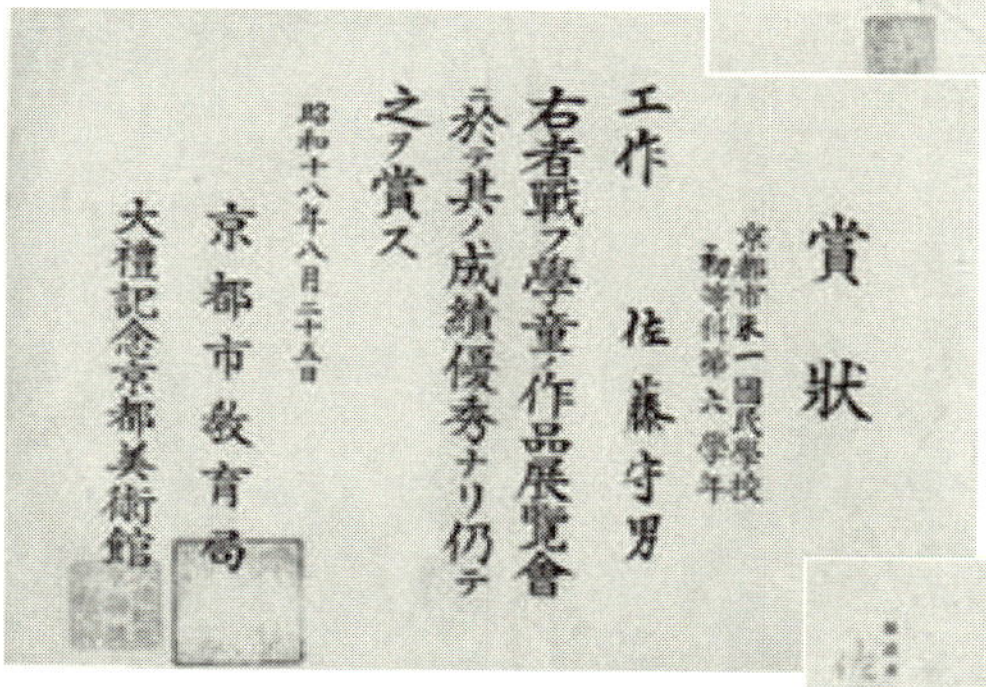
賞状
京都市東一國民學校
初等科第六學年
工作　佐藤守男
右者戰フ學童ノ作品展覧會ニ於テ其ノ成績優秀ナリ仍テ之ヲ賞ス
昭和十八年八月二十五日
京都市教育局
大禮記念京都美術館

国民学校6年の展覧会の
賞状（昭和18年8月）

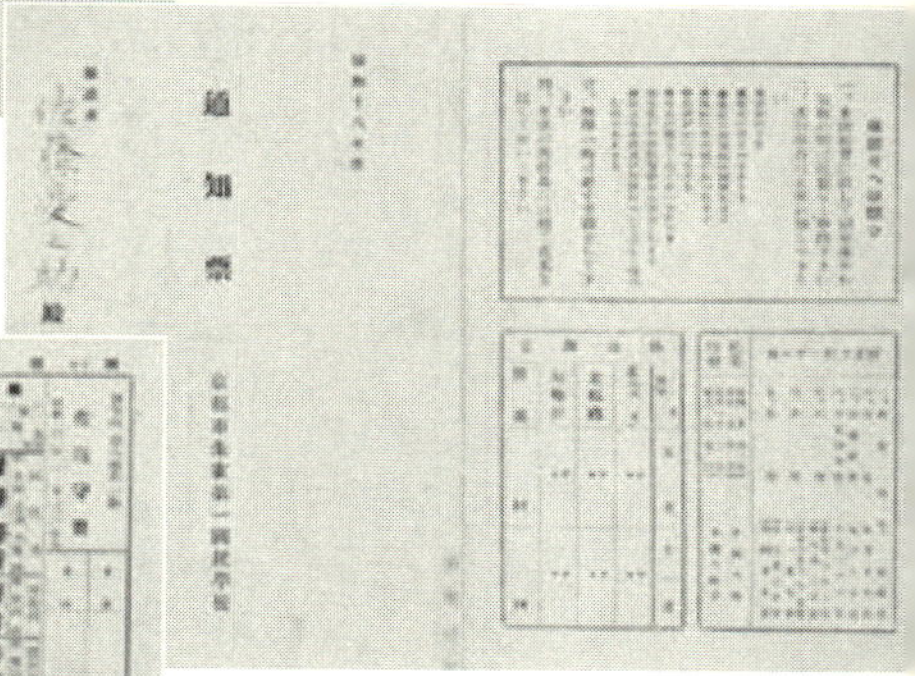
通知票

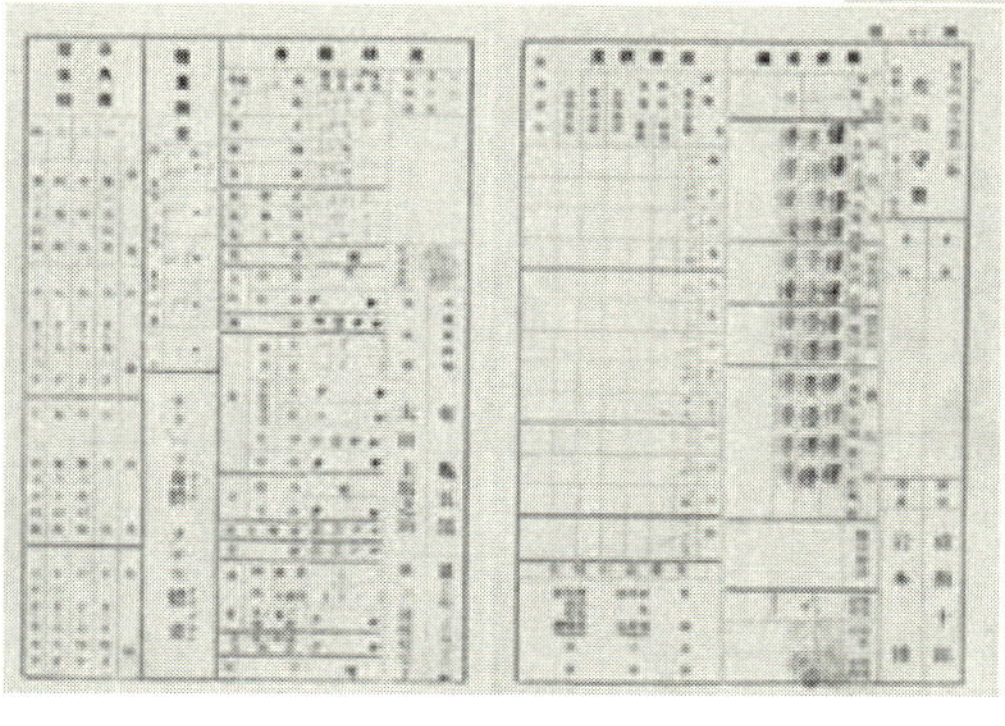

国民学校6年の通知票
（昭和19年3月）

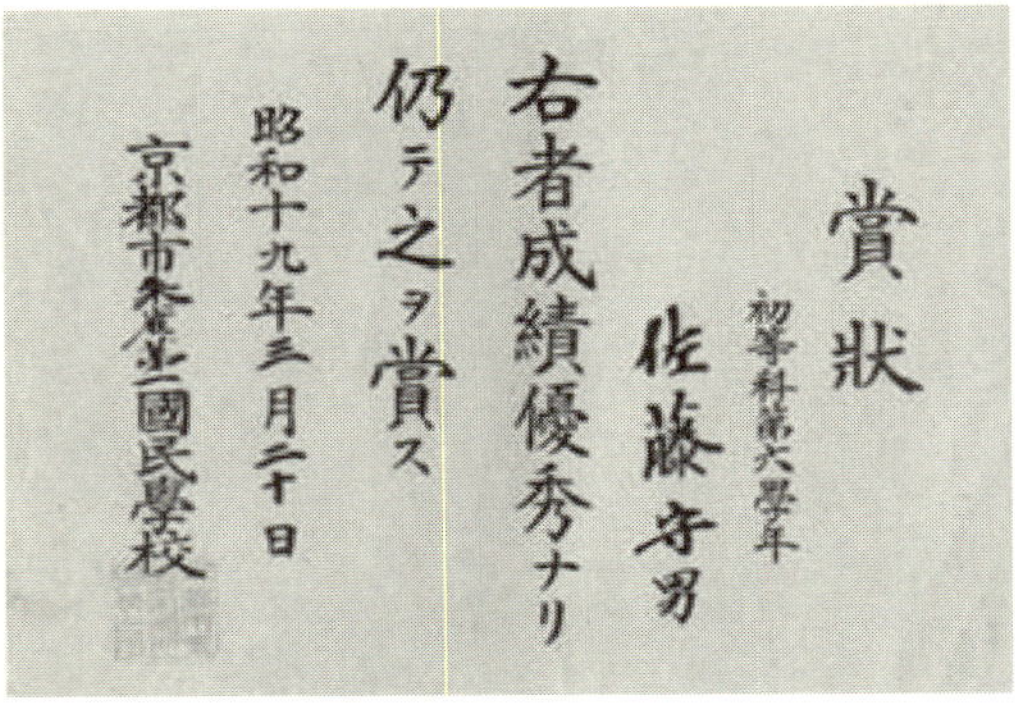
賞状
初等科第六學年
佐藤守男
右者成績優秀ナリ
仍テ之ヲ賞ス
昭和十九年三月二十日
京都市朱雀第二國民學校

国民学校6年の賞状
（昭和19年3月）

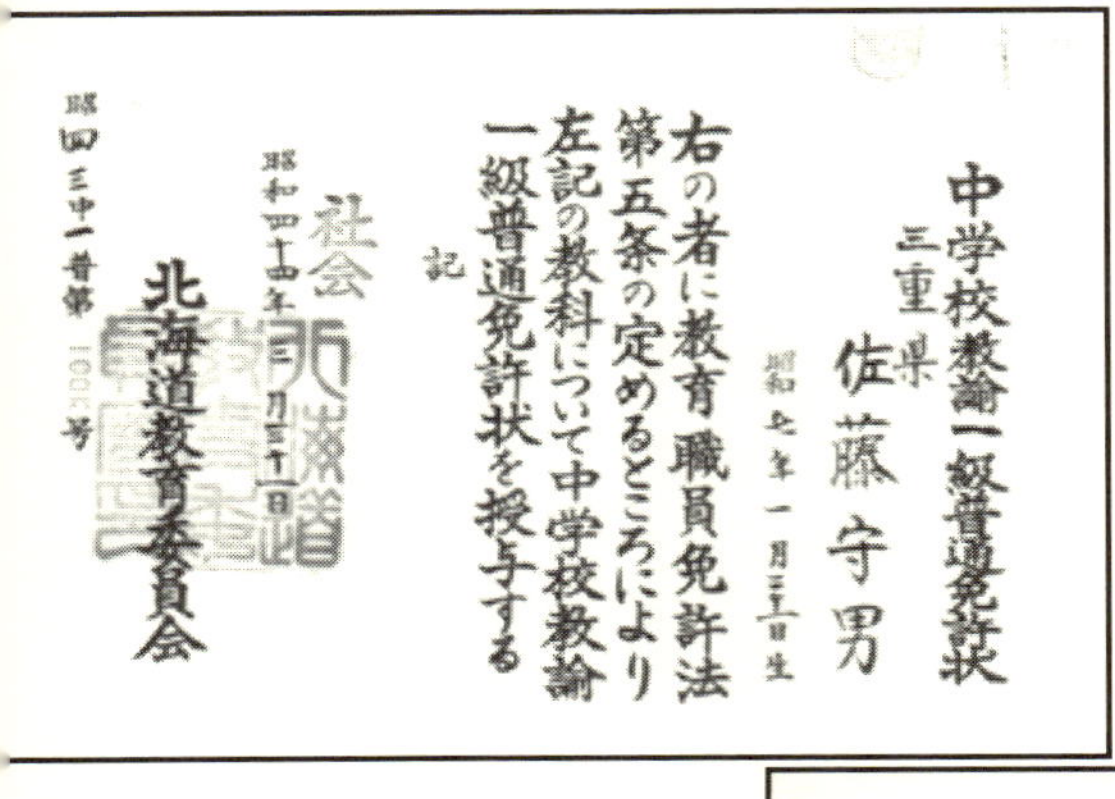
中学校教諭一級普通免許状
三重県
佐藤守男
昭和七年一月三十日生
右の者に教育職員免許法第五条の定めるところにより左記の教科について中学校教諭一級普通免許状を授与する
記
社会
昭和四十四年三月三十一日
北海道教育委員会
昭四三中一普第　号

中学校教諭免許状、
高等学校教諭免許状
（昭和44年3月）

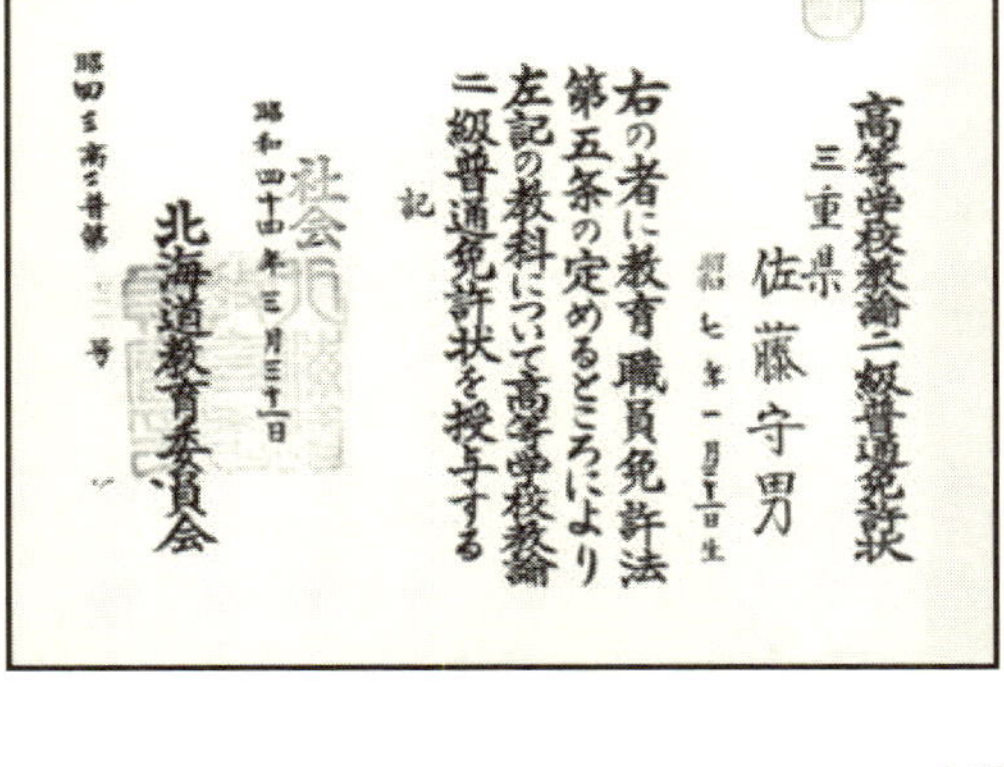
高等学校教諭二級普通免許状
三重県
佐藤守男
昭和七年一月三十日生
右の者に教育職員免許法第五条の定めるところにより左記の教科について高等学校教諭二級普通免許状を授与する
記
社会
昭和四十四年三月三十一日
北海道教育委員会
昭四三高二普第　号

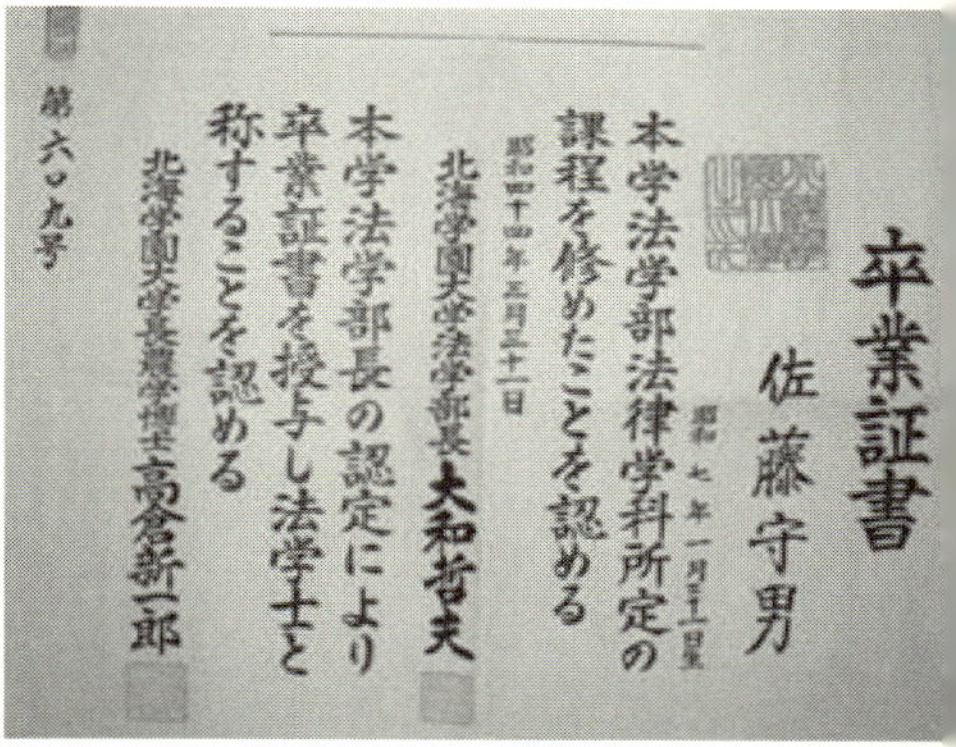
第六〇九号

卒業証書

佐藤守男

昭和七年一月三十一日生

本学法学部法律学科所定の課程を修めたことを認める

昭和四十四年三月二十一日

北海学園大学法学部長 大和哲夫

本学法学部長の認定により卒業証書を授与し法学士と称することを認める

北海学園大学長農学博士 高倉新一郎

北海学園大学の卒業証書（昭和44年3月）

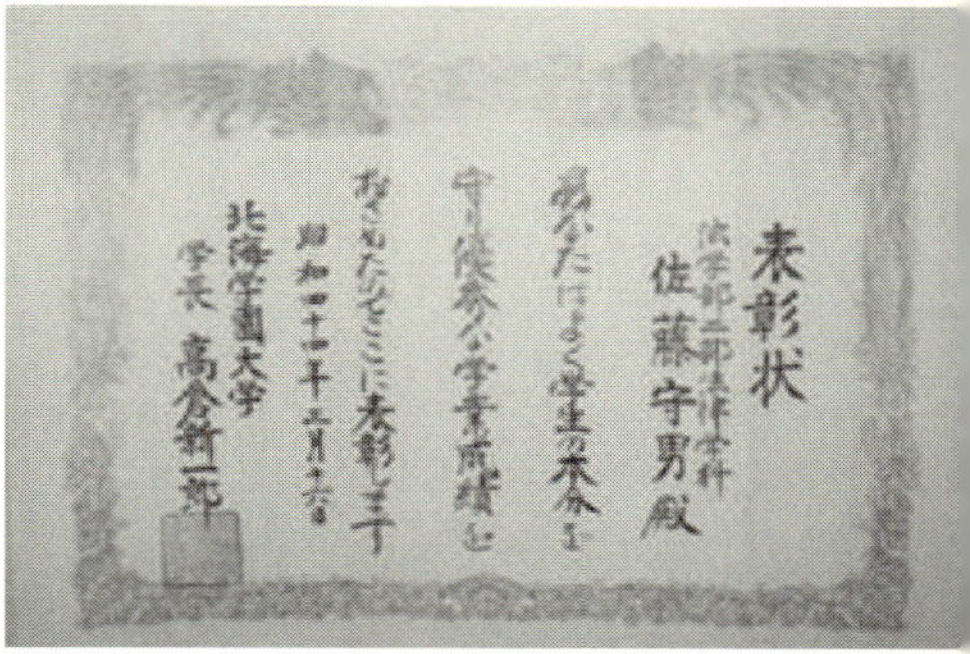
表彰状

法学部法律学科

佐藤守男殿

あなたはよく学生の本分を守り優秀な学業成績をおさめたのでここに表彰します

昭和四十四年三月十六日

北海学園大学

学長 高倉新一郎

北海学園大学の表彰状（昭和44年3月）

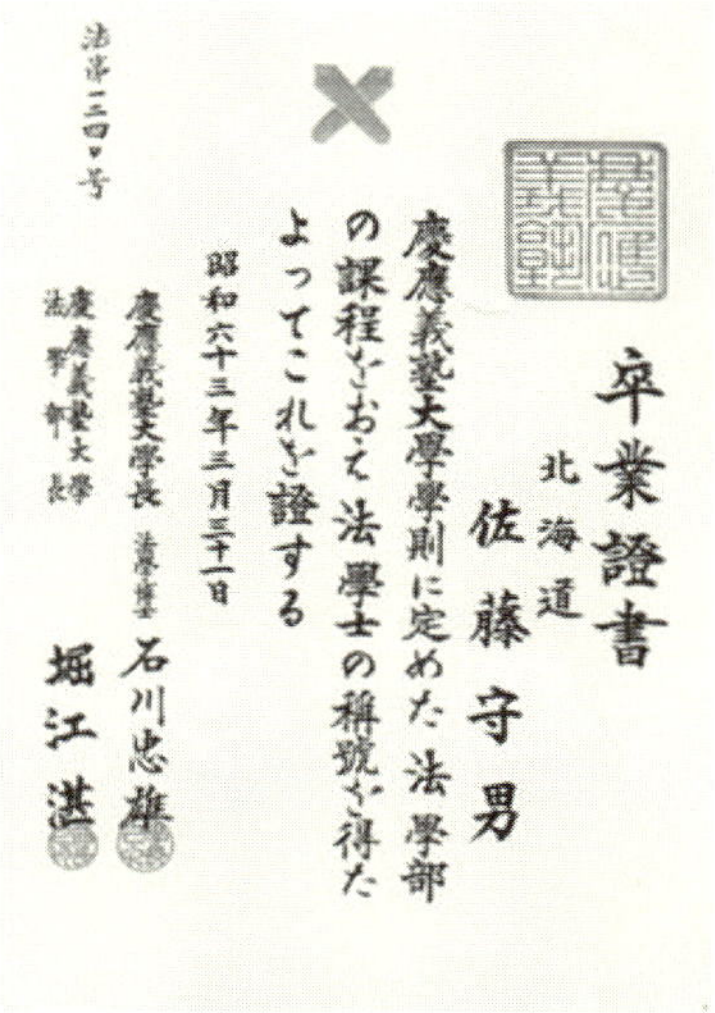
法第一二四〇号

卒業證書

北海道

佐藤守男

慶應義塾大學學則に定めた法學部の課程をおえ法學士の稱號を得たよってこれを證する

昭和六十三年三月三十一日

慶應義塾大學長 法學博士 石川忠雄

慶應義塾大學法學部長 堀江湛

慶應義塾大学通信教育部の
卒業証書（昭和63年3月）

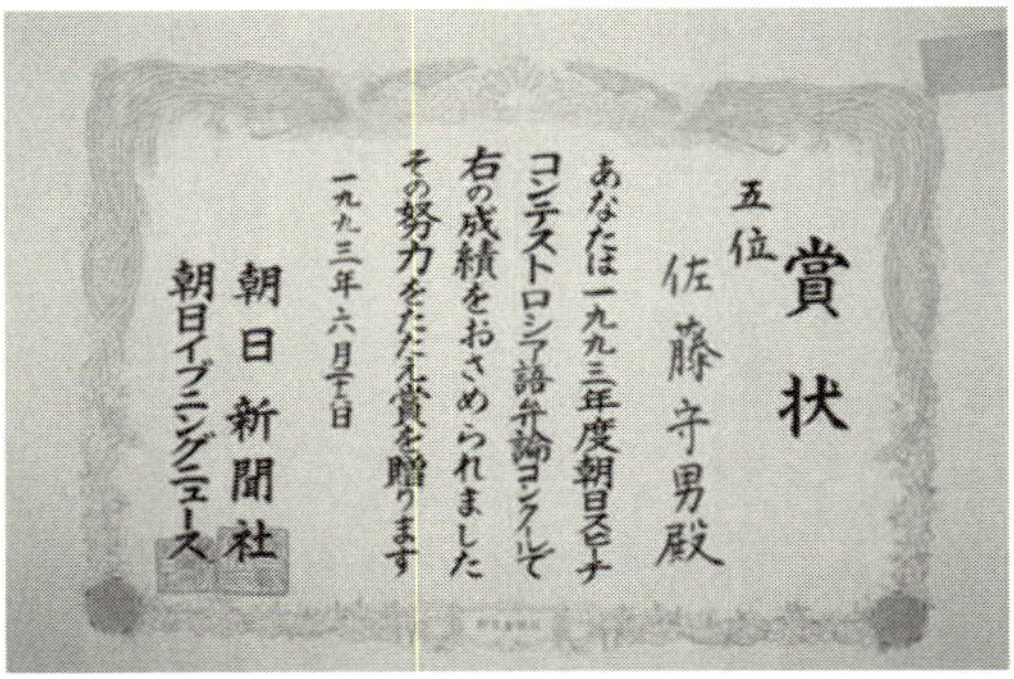
賞状
五位
佐藤守男殿
あなたは一九九三年度朝日スピーチコンテストロシア語弁論コンクールで
右の成績をおさめられました
その努力をたたえ賞を贈ります
一九九三年六月二十日
朝日新聞社
朝日イブニングニュース

朝日スピーチコンテストの
賞状（平成5年6月）

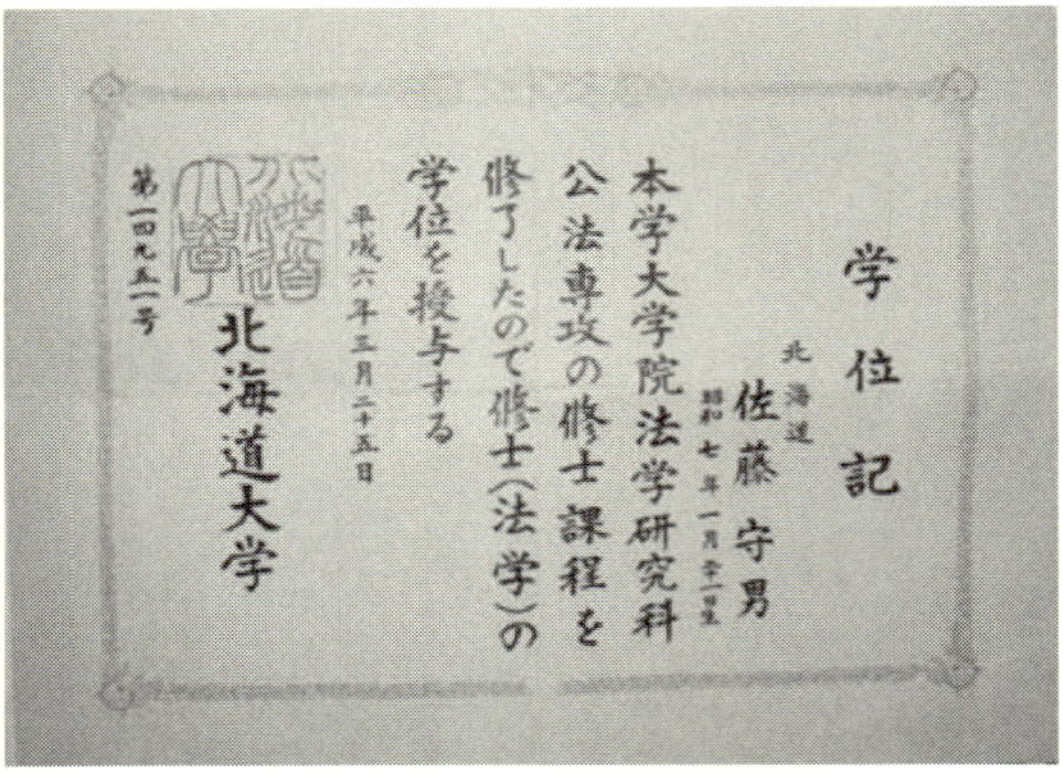
学位記
北海道
佐藤守男
昭和七年一月二十一日生
本学大学院法学研究科
公法専攻の修士課程を
修了したので修士(法学)の
学位を授与する
平成六年三月二十五日
北海道大学
第一四九五一号

修士学位記（平成6年3月）

終戦前後の略年表（一九四〇年〜一九六〇年）

年号	主要事象	関連事象
一九四〇年	9月 日独伊三国同盟締結	
一九四一年	4月 日ソ中立条約締結 12月 太平洋戦争勃発	
一九四二年	4月 米軍機による日本本土初空襲	
一九四三年	2月 日本軍、ガダルカナル島撤退	6月 学徒出陣
一九四四年	7月 日本軍、サイパン島玉砕	
一九四五年	3月 東京大空襲 4月 米軍、沖縄侵攻 8月 広島・長崎に原爆投下 ソ連、日本に宣戦布告 終戦 9月 日本、無条件降伏文書に調印	
一九四六年	11月 日本国憲法公布	3月 学制改革

一九四七年	5月 日本国憲法施行	
一九四八年	11月 極東国際軍事裁判判決	4月 六三三制発足
一九四九年	3月 米国、ドッジライン要求	4月 新制大学設置
一九五〇年	6月 朝鮮戦争勃発	8月 警察予備隊編成
一九五一年	9月 サンフランシスコ講和条約調印	
一九五三年	7月 朝鮮休戦協定締結	8月 保安隊設置
一九五四年	3月 ビキニ環礁で水爆実験	7月 自衛隊発足
一九五五年	5月 ワルシャワ条約機構発足	11月「55年体制」発足
一九五六年	10月 日ソ共同宣言	12月 国際連合加入
一九六〇年	6月 新日米安保条約発効	6月 安保闘争

著者
佐藤 守男（さとう もりお）
1932年三重県生まれ、1999年北海道大学大学院法学研究科公法専攻博士課程修了、博士（法学）。現在、北海道大学大学院法学研究科附属高等法政教育研究センター研究員。
著書に『情報戦争と参謀本部－日露戦争と辛亥革命－』（芙蓉書房出版、2011年）『情報戦争の教訓－自衛隊情報幹部の回想－』（芙蓉書房出版、2012年）『警察予備隊と再軍備への道－第１期生が見た組織の実像－』（芙蓉書房出版、2015年）『極東の隣人ロシアの本質－信ずるに足る国なのか？－』（芙蓉書房出版、2017年）、共著に「ロシア連邦国籍法」（奥田安弘編訳『国際私法・国籍法・家族法資料集』中央大学出版部、2006年）「日本陸軍参謀本部と辛亥革命」（大里浩秋・李廷臣編『辛亥革命とアジア』御茶の水書房、2013年）がある。

晩学《ばんがく》のすすめ
――学問と向き合った元自衛官の人生――

2018年 7月12日 第１刷発行

著 者
佐藤《さとう》 守男《もりお》

発行所
㈱芙蓉書房出版
（代表 平澤公裕）
〒113-0033東京都文京区本郷3-3-13
TEL 03-3813-4466 FAX 03-3813-4615
http://www.fuyoshobo.co.jp
印刷・製本／モリモト印刷

ISBN978-4-8295-0739-1